Leonie Bongartz

Die Weißen Raben
Verbrechen in der Villa

Ich danke meinem Vater,
der mir die Idee zu dieser Geschichte geschenkt hat.

Leonie Bongartz, geboren 1981 in Köln, studierte am Deutschen Literaturinstitut in Leipzig Prosa und Dramatik/Neue Medien. Sie lebt in Berlin, hat Kurzgeschichten und Erzählungen in verschiedenen Zeitschriften und Anthologien veröffentlicht und schreibt Drehbücher für Film und Fernsehen.

Leonie Bongartz

Die Weißen Raben

Verbrechen in der Villa

Roman

Sauerländer

Die Deutsche Nationalbibliothek verzeichnet diese Publikation
in der Deutschen Nationalbibliografie; detaillierte bibliografische Daten
sind im Internet über http://dnb.d-nb.de abrufbar.

Umschlagillustration: Constanze Spengler
Umschlaggestaltung: h. o. pinxit, Basel
Printed in Germany
ISBN: 978-3-7941-6124-9
www.sauerlaender.de

In dieser Nacht kam Sturm auf.
Der Wind trieb das Laub durch die Straßen der kleinen Stadt, klimperte in Containern, klapperte mit den Fensterläden, jagte den Staub von den Dachziegeln.
Hunde winselten und japsten in ihren Träumen, Fensterrahmen knarrten, ein Kanarienvogel entfloh und erhob sich, gelb wie das Laub, in die Winde, weil er dachte, da draußen läge die Freiheit. Hinter den Dünen rauschte das Meer. Es war warm und windig und feucht. Es war die Nacht zum zehnten Oktober.
Plopp.
Der verirrte Kanarienvogel knallte gegen das Schlafzimmerfenster der lilienweißen Villa Burmeester.
Und Cecilia Burmeester, Herrin des Hauses, wachte mit einem Schrei auf.
Sie setzte sich aufrecht ins Bett. Ihr Mann war nicht da in dieser Nacht. Draußen lärmte der Sturm.
Geräuschlos huschte Cecilia über die Galerie. Sie machte kein Licht. Es war, als zitterte das Haus im Wind. Sie wollte etwas trinken, unten in der Küche. Doch plötzlich – ein Klirren. Etwas zersprang. Im Arbeitszimmer ihres Mannes. Zersprang. In diesem, *ihrem* Haus.
Es war die chinesische Vase, Cecilia wusste es sofort. Die Vase, die sie ihrem Mann zur Hochzeit geschenkt hatte. Vor vielen, vielen Jahren.
Sie drehte sich um. Und da. Da sah sie es: Im Arbeitszimmer ihres Mannes brannte Licht.
Im Arbeitszimmer ihres Mannes war jemand. Ein Fremder, Fremde …
Sie hörte, sie wusste es.
Obwohl der Wind alle Geräusche verwischte.
Sie wich zurück und legte die Hand auf die Klinke.
»Wer ist da?«, rief sie.

Maria

Als Maria erwachte, war es noch dunkel und still in ihrem Zimmer. Nur die Lindenblätter vor dem geöffneten Fenster wisperten. Der Wecker auf ihrem Nachttisch zeigte fünf Uhr. Sie schüttelte den Kopf und scheuchte einen Traum hinaus in die Dunkelheit.
Im Internat war alles still. Sogar die Dielen im Flur, die sonst bei jedem Windzug knarrten, gaben keinen Laut. Es war, als wäre die Welt draußen, im Dämmerlicht, für immer versunken.
Leise, ganz leise, rauschte das Meer in der Ferne und holte Maria zurück in ihr Leben. Es war der Morgen des zwölften Juni. Der wichtigste Tag in Marias Leben.
Seit vierunddreißig Wochen warteten sie und ihr Bruder Luca auf diesen Tag.
Denn vor vierunddreißig Wochen waren ihre Eltern verhaftet worden. Vor vierunddreißig Wochen brachte Herr Burmeester sie beide in seiner Limousine hierher, ins Internat *Hof Kranenbeck*. Vierunddreißig Wochen saßen ihre Eltern nun schon in ihren Zellen im Gefängnis. Man warf ihnen vor, einen Raubmord begangen zu haben.
Seitdem lebten sie hier, Luca und Maria, ohne Mutter und Vater.
Es war nicht auszuhalten.
»Aber heute«, dachte Maria, »heute ist Schluss mit dieser schwarzen Zeit.«
Heute wartete die Freiheit auf ihre Eltern. Denn an diesem zwölften Juni sprach die Richterin ihr Urteil.
Und die Richterin war eine von den Guten. Sie war klein, fast so klein wie Marias Mutter, auch fast so schön. Sie hatte eine zimtfarbene Haut und einen weichen, fremden Akzent. Vielleicht war es auch nur ein Dialekt. Jeder Satz, den sie sprach, verwandelte sich in eine Melodie. Oft waren Maria und Luca nach der Schule in die kleine Stadt zum Gerichtsgebäude gelaufen und hatten auf der grauen

Mauer vor dem Portal in der Junisonne gewartet. Sie hatten den ganzen Nachmittag gewartet. Und immer war die zimtfarbene Richterin – die in Wirklichkeit Dr. Annalena Pfeiffer hieß – spät nach draußen gekommen, manchmal allein, manchmal in einer Gruppe. Maria und Luca hätten sie am liebsten entführt, um alles von dem Prozess gegen ihre Eltern aus ihr herauszupressen. Sie mussten so vieles wissen. Aber die Richterin hatte auf all ihre Fragen nur geschwiegen und freundlich gelächelt. »Ich kann euch nichts sagen.«
Doch wie sie das sagte, das klang hoffnungsvoll, sodass sich Maria und Luca immer sicherer waren. Diese Richterin stand auf ihrer Seite. Es konnte nichts schiefgehen.

Trotzdem schlug Maria an diesem Morgen das Herz bis zum Hals. Sie stand auf und starrte zum Fenster hinaus. Draußen wurde es hell. *Hof Kranenbeck* lag friedlich im Morgengrauen. Im Wind schwebte der Duft von blühenden Heckenrosen, von Thymian, Rosmarin … Auf dem gepflasterten Hof, den zwei ausgebaute Scheunen und ein Herrenhaus einfassten, waren noch die Hauswirtschaftsprojekte vom Vortag aufgebaut. Blumenkübel, in denen Tomatenstöcke und Basilikumbüsche wuchsen.
»Heute«, sagte Maria, »wird alles gut.«
»Was wird alles gut?!«, fragte eine tiefe Mädchenstimme hinter Maria. Maria fuhr herum. Janine! Sie musste schon eine Weile so da gesessen haben, aufgerichtet im Bett hinter Maria, das helle Haar zerzaust, eine Augenbraue hochgezogen. Janine war Marias Zimmernachbarin. »Was wird … gut?«, fragte sie noch einmal.
»Der Prozess wird gut ausgehen. Heute ist er endlich vorbei«, antwortete Maria, und sie versuchte, zuversichtlich zu klingen. Doch Janine presste die Lippen aufeinander, dass alles Blut aus ihnen entwich – wie immer, wenn sie angestrengt nachdachte. Dann sagte sie: »Ach was, vorbei! Sie werden sie einbuchten, das werden sie tun, diese Mistkerle!«
Es gab Maria einen Stich ins Herz, als Janine das sagte. Aber sie konnte ihr nicht böse sein.

Janines Vater hatte schon oft im Gefängnis gesessen, denn er war – wie Janine sagte – der »weltbeste Lügner in ganz Deutschland und außerdem in Europa«. Vor ein paar Jahren hatte er Janine und ihre Mutter verlassen, weil ihn die Polizei jagte. Seitdem trudelte er über den Kontinent – und niemand wusste, wo er sich gerade aufhielt. Niemand wusste, was er gerade tat. Niemand wusste, *vor wem* er immer noch oder schon wieder floh … Doch jeden Monat traf Geld auf dem Konto ein, das Janines Aufenthalt im Internat finanzierte. Jedes Jahr kam ein Geschenk zum Geburtstag mit der Post, und niemals stand ein Absender auf diesem Paket …

»Mein Vater ist ein Dieb, ein Betrüger«, sagte Janine immer, wenn sie jemand fragte, was ihr Vater beruflich mache, »er ist ein durchtriebenes Schlitzohr!«

Maria wusste: Sie meinte es nicht so. Janine liebte ihren Vater mehr als irgendeinen anderen Menschen auf der Welt.

Janine und Maria waren hier Freundinnen geworden. Die anderen Mädchen im Internat behandelten sie nicht sonderlich nett. Im Gegenteil. Sie behandelten sie, als hätten sie eine gefährliche und ansteckende Krankheit. Aber das war nicht schlimm. Was kümmerten sie die anderen Mädchen?

»Es ist doch so, Minipli«, begann Janine – sie sagte immer *Minipli* zu Maria, obwohl sie nur fünf Zentimeter größer war –, »es ist doch so: Du musst das Verbrechen selbst aufklären, die Dinge selbst in die Hand nehmen. Auf die moderne Justiz ist kein Verlass.«

Maria nickte. Ja! Die Dinge selbst in die Hand nehmen! Das war es, worüber sie in den letzten Wochen immer wieder gesprochen hatten. Nicht nur Maria und Janine. Auch Fabian und Bruno hatten darüber gesprochen. Und Luca natürlich, Marias Bruder. Fabian und Bruno waren Lucas Zimmernachbarn.

Sie waren komische Vögel.

Der eine zu groß und zu dünn, immer in Schwarz gekleidet, kreidebleich und mit Bügelfalten in der Hose. Das war Drei-Millionen-Fabian, Kind reicher Eltern. Der andere, Bruno, war klein und mollig, mit wilden, dunklen Augen. In zu kurzen Hosen trabte er über den Schulhof. Er trug immer Klamotten, aus denen er fast schon herausgewachsen war. Seine Mutter brachte kaum das Geld für das Internat zusammen. Sie war immer in fremden Ländern unterwegs, um für Zeitungen über *das Leben* zu berichten, und Brunos Vater war schon lange fort. Später wollte Bruno auf einem Gutshof in Polen oder Weißrussland leben, sein Gemüse selbst anbauen und auf nichts und niemanden angewiesen sein. »So werde ich leben«, sagte er oft, »in einer *kommunistischen Kommune*!«

Irgendwie waren sie alle komische Vögel. Aber zusammen waren sie die beste Bande der Welt. Fabian, Bruno, Janine, Luca und Maria …

Drei-Millionen-Fabian war sehr klug. Für ihn war die Welt eine Art Gleichung. Jede Abweichung irritierte ihn. Er hatte bereits eine Klasse übersprungen …

Bruno wusste eine Menge über die Ungerechtigkeiten in der Welt. Seine Mutter war Kommunistin (Maria wusste nicht *genau*, was das war), und deswegen begriff Bruno das Leben als Kampf, als Kampf der *Kommunisten gegen die Ausbeuter, die Reichen*, er nannte das *Klassenkampf*.

Janine war eine Überlebenskünstlerin mit Nerven wie Drahtseilen, so erfahren und abgebrüht. Sie wusste, wie man Erwachsene an der Nase herumführte. Sie log das Blaue vom Himmel herab, ohne mit der Wimper zu zucken, und erreichte damit stets, was sie wollte …

Und Luca, Marias Bruder, träumte immer und grübelte und dachte über *die Menschen* nach. Maria glaubte, dass er in ihre Seelen blicken konnte. Er war ihnen nah, und gleichzeitig war er fern, ganz fern. Viele fanden es komisch, wie Luca sie ansah. Es war ihnen unheimlich. Vielleicht fotografierte er deswegen so gern: damit sein Gucken nicht auffiel.

Und Maria? Sie dachte manchmal, dass ihr Wille ihre größte Stärke sei. Wenn sie etwas wollte, *wirklich und von ganzem Herzen*, hatte ihr Leben nur diesen einen Sinn …

Fabian, Janine, Maria, Bruno und Luca nannten sich die »Weißen Raben«.

Denn jede Bande brauchte einen Namen.

»Die Weißen Raben« – das war Marias Idee gewesen. Ein weißer Rabe ist ja so etwas wie ein Wunder. Und auch sie waren ein Wunder. Ein ganz besonderes Wunder. Sie hatten sich gefunden. In einem Internat. Nachdem die Eltern von Maria und Luca verhaftet worden waren.

Und ein Wunder brauchten Maria und Luca jetzt mehr als alles andere.

Denn die Zeitungen schrieben, dass ihre Eltern Verbrecher wären. Dass sie in der Nacht zum zehnten Oktober – in dieser stürmischen, seltsamen Oktobernacht – in die lilienweiße Villa Burmeester eingebrochen wären. Maskiert hätten sie den Tresor in Herrn Burmeesters Arbeitszimmer mit einem Schweißbrenner geöffnet. Der Einbruch sei besonders einfach für sie gewesen, weil Marias und Lucas Eltern seit Jahren als Gärtner und Haushaltshilfe bei den Burmeesters angestellt waren. »Der Mann, der sie aus der Arbeitslosigkeit rettete«, schrieben die Zeitungen, »sollte seine Entscheidung bitter bereuen, denn die Diebe nahmen ihm nicht nur einen beträchtlichen Teil seines Vermögens, sie nahmen ihm auch das Liebste, das er hatte …«

Das Liebste, das er hatte … Das klang schlimm und es machte Maria und Luca traurig und hoffnungslos.

Aber es gab auch andere Zeitungen. Sie schrieben das genaue Gegenteil: »Warum hätten sie das tun sollen? Wer schlägt die Hand, aus der er frisst?«

Es war wirklich kompliziert. Maria und Luca wussten manchmal nicht mehr, was sie denken und was sie glauben sollten. Sie selbst hatten in dieser Nacht tief geschlafen, wie betäubt, und erst am Morgen von den Ereignissen in Burmeesters Büro erfahren.

Fest stand: Frau Burmeester hatte die Diebe im Arbeitszimmer ihres Mannes überrascht. Mitten in der Nacht. Sie war die Galerie entlanggeschlichen, weil sie etwas gehört hatte.

Im Arbeitszimmer wurde sie niedergeschlagen. Die Diebe machten sich mit einem Haufen Geld aus dem Staub. Herr Burmeester war es, der seine Frau fand. Am frühen Morgen kam er von einer Wohltätigkeitsveranstaltung zurück. Cecilia Burmeester lag tot in den

Scherben einer zerbrochenen, chinesischen Vase, einem Hochzeitsgeschenk …
Danach ging alles sehr schnell. Am Tatort sicherte die Polizei Fingerabdrücke. Es waren die von Marias und Lucas Eltern dabei.

Jemand pochte an die Tür und riss Maria aus ihren Gedanken. Sie stand noch am Fenster, Janine saß an dem kleinen Tisch hinter ihr und schnitt Zeitungsartikel aus. Jeden Tag besorgten sich Maria und Janine eine Zeitung. Die Artikel über Marias Eltern hoben sie in einem besonderen Ordner auf.
»Herein!«, rief Maria.
Bruno polterte ins Zimmer. Hinter ihm standen Fabian und Luca. Gewöhnlich kamen die Jungen nicht durch die Tür, sondern kletterten am Balkon hoch, um Maria und Janine zu besuchen. Ihr Zimmer lag genau unter dem der Mädchen. Maria und Janine machten es genauso, wenn sie zu den Jungen wollten. Sie fanden es langweilig, die Treppe zu benutzen.
»Grüßt euch, Genossen!«, rief Bruno und ließ sich krachend auf einen Stuhl neben Janine fallen. Er begann, ein Kommunistenlied zu singen: Die rote Fahne erkämpft die Macht. (Er sang sehr laut.)
Drei-Millionen-Fabian trat hinter ihm ins Zimmer, wischte die Hände an seinem Hemd ab, schob die Brille hoch. Er trug einen Anzug, wie immer. Wie bei einem Vorstellungsgespräch! Er war wirklich zum Schießen. Er gab Janine die Hand und wandte sich dann Maria zu. »Maria …« Er wurde sofort rot, und Maria lächelte schwach. Sie wusste, dass Fabian in sie verliebt war. Jeder wusste es. Nur er dachte, dass es bislang noch keiner bemerkt habe.
»Ähm, ähm … Bruno! Geht's ein bisschen leiser? Muss das so laut sein?«
»Bin schon ruhig, 3-Millionen-Fabs. So still wie 'n Fisch.«
»Nenn mich nicht so.«
»Geht klar, 3-Millionen-Fabs. Geht klar.«
»Bruno!«
»Oh, ich vergaß. Entschuldige.«

Alle lachten. Nur Luca stand stumm in der Tür. Er trug glänzende Schuhe und seinen einzigen Anzug. Das schwarze Haar fiel ihm vor die Augen. Er blickte Maria nicht an, als er fragte: »Sollen wir los?« – sehr leise fragte er das und doch so, dass alle anderen verstummten. Seit der Verhaftung ihrer Eltern war Luca dünner und grüblerischer und stiller geworden. Seine Augen lagen in dunklen Höhlen, und oft entfernte er sich von allem um ihn herum, versank in seiner eigenen Welt. Aber wenn er etwas sagte, hörten alle immer ganz genau hin.
Maria hätte ihn jetzt am liebsten in die Arme genommen und gesagt: Es wird alles gut.
So hilflos und verloren sah Luca aus.
Aber sie konnte ihren Bruder nicht schützen wie früher, als die Welt noch in Ordnung war.
Stattdessen sah sie reihum die anderen an. »Seid ihr bereit?«, fragte sie. Ihre Stimme zitterte vor Aufregung.
Luca nickte. Janine zuckte mit den Schultern. Bruno grinste über beide Ohren.
Und Fabian begann feierlich zu sprechen:
»Am Himmel fliegen die Weißen Raben. Sie fliegen hin zum großen Licht … Aber- und Abertausende werden sie beklagen, aber sich selbst, sich selbst beklagen sie nicht.«
Zugegeben …
Sie wussten nicht, welche Abertausend sie beklagen sollten, denn sie waren ja nur zu fünft.
Aber das war ihr Leitsatz. Der Leitsatz der Weißen Raben. Maria hatte ihn gedichtet.
»Gehen wir«, sagte sie ernst.

Das Urteil

Die Fotografen warteten, genau wie die Weißen Raben. Sie lungerten auf den Stufen vor dem Gerichtsgebäude herum, rauchten oder liefen auf dem Bürgersteig hin und her. Manche von ihnen standen auch einfach nur da. Auf einem sonnigen Mäuerchen neben dem Gericht hockte der alte Gärtner Gajew, ein Kollege von Marias Vater, auch er wartete.

Die Fotografen waren wegen des Prozessendes gekommen – und wegen Herrn Burmeester, dem *größten norddeutschen Entsorgungsunternehmer*. Sie mochten Herrn Burmeester, obwohl er kein normaler Prominenter war: Er war weder Schauspieler noch Sänger noch Fußballstar. Herr Burmeester entsorgte Müll im großen Stil. Mit seinem Geschäft war er in der kleinen Stadt ein bedeutender Mann, eine *sehr wichtige Person*. Denn er unterstützte Schulen, die Bibliothek, das Heimatmuseum. Er spendete für ein Dutzend Patenkinder aus den ärmsten Ländern der Welt. Und seit dem Prozess gegen Marias Eltern zahlte er auch für Maria und Luca. Er überwies die Kosten für das Internat, er wollte sich um sie kümmern, um ihre Ausbildung, ihre Erziehung … Sie waren ja unschuldig. Er wollte nicht, dass sie wegen ihrer Eltern bestraft wurden.

Das machte die Zeitungen vollständig verrückt.

Was für ein Wohltäter! Was für ein riesiges Herz!

Ja, die Zeitungen mochten Herrn Burmeester. Schon bevor ihre Eltern verhaftet wurden, hatte Maria in den bunten Blättern, die ihre Mutter so gern las, Herrn Burmeester auf Fotos entdeckt. Er war Gast bei glänzenden Feiern, tanzte und trank, prostete in das Blitzlicht der Fotografen.

Frauen und Männer umlagerten ihn, sie hungerten nach seiner Nähe. Herr Burmeester war wie ein König. Ein richtiger König. Er flüsterte den Frauen ins Ohr. Er klopfte den Männern auf die Schulter und warf den Kopf in den Nacken. Etwas Wildes lag in seinen Augen. Etwas, das Maria nicht kannte. Sie sahen entzündet aus, diese Augen.

Maria hatte oft darüber gegrübelt, warum das so war.

»Da ist ja der Burmeester«, sagte Bruno plötzlich. Er schlug mit der Faust in seine flache Hand. »Der verdammte Geldsack!«, rief er.

Maria nahm Bruno das Fernglas aus der Hand. »Hör auf«, sagte sie, »der Burmeester ist schon in Ordnung.«

Die Weißen Raben hatten auf einer alten Garage Posten bezogen, und von dort aus beobachteten sie, was vor dem gegenüberliegenden Gerichtsgebäude geschah. Sie benutzten ein Fernglas, obwohl sie auch so alles erkennen konnten. Natürlich mussten sie für diesen Ausflug die Schule schwänzen – aber manchmal gab es Dinge, die wichtiger waren als Schule. *Prioritäten*, wie Fabian immer sagte, und: »Hier bin ich Betriebswirtschaftler. Wenn man das Verhältnis von Kosten und Nutzen betrachtet, dann muss die Schule heute hintanstehen, versteht ihr?«

Die Weißen Raben verstanden nicht. Aber sie waren Fabians Meinung (und wenn Fabian so etwas sagte, dann musste das in Ordnung gehen, denn Fabian ließ *niemals* freiwillig die Schule ausfallen). Tatsächlich war es für sie alle undenkbar, an diesem Tag im Klassenzimmer zu sitzen und sich Vorträge über die Wikinger in Schleswig-Holstein anzuhören. Oder die Flora und Fauna in den Niederungen des Wattenmeers!

Maria beobachtete Herrn Burmeester mit dem Fernglas. Er trat heraus auf das Portal. Die Fotografen und Journalisten umschwirrten ihn. Und auch Gajew, der Gärtner, blickte auf. Burmeester zündete sich eine Zigarette an – als seien alle um ihn herum gar nicht da. Er trug einen grauen Anzug, ein weißes Hemd ohne Krawatte, und sein silbernes Haar war sorgfältig nach hinten gekämmt. Er sah aus wie ein Mann aus dem Modekatalog, wie immer, aber doch war etwas anders an ihm. Er wirkte erschöpft und traurig. Er sah schlaff aus. Sein Anwalt, ein dürres Männlein, stand neben ihm und redete und gestikulierte, während Burmeester gedankenverloren Rauchringe in die warme Luft blies.

Im Prozess war Herr Burmeester als Nebenkläger aufgetreten – er unterstützte damit den Staatsanwalt in seiner Anklage gegen Marias Eltern. Unmittelbar nach der Verhaftung der Eltern hatte er damit begonnen. In den ersten Tagen waren Maria und Luca sehr wütend deswegen gewesen. Sie wollten nie, nie wieder ein Wort mit ihm wechseln …

Doch nach einigen Tagen – es war kurz vor Marias und Lucas Umzug in das Internat – hatten sie Herrn Burmeester im Garten sitzen sehen. Er saß auf der gusseisernen Bank vor dem japanischen Teich, den Kopf in die Hände gelegt, und sein ganzer Körper bebte.

Er weinte.

Herr Burmeester weinte.

Sie hatten ihren Augen nicht getraut. Sie waren nach unten gegangen, hatten sich zu ihm gesetzt. Herr Burmeester sah sie sehr ernst an. Er erklärte ihnen, dass er nicht seinen Frieden fände, wenn die Mörder seiner Frau nicht ihre gerechte Strafe bekämen. Wer immer sie wären … Darum die Nebenklage. Gegen wen auch immer.

Da hatte Maria ihn verstanden. Obwohl sie es nicht wollte. Und nach einiger Zeit gab sogar Luca zu, Burmeester ein bisschen zu verstehen. Sie hatten sich vorgenommen, Burmeester zu beweisen, dass ihre Eltern *nicht* die Täter waren …

Jetzt wimmelten die Fotografen um Burmeester wie aus der Kontrolle geratene Ameisen. Die Reporter bestürmten ihn mit Fragen. Er redete ruhig mit ihnen, von Zeit zu Zeit schnippte er Asche auf den Boden.

Endlich beendete er das Gespräch mit einem Nicken und überließ seinem Anwalt das Wort. Der Anwalt fuchtelte mit den Händen und sein Kopf wurde puterrot, während er sprach.

Herr Burmeester nahm die Sonnenbrille in die Hand und blickte auf den Asphalt. Und plötzlich – sah er auf …

Er sah genau in Marias Richtung, in die Linsen ihres Fernglases, als habe er die ganze Zeit gewusst, dass sie flach auf dem Garagendach lag und ihn beobachtete.

Richard Burmeester hatte sehr blaue, kalte Augen. Wie Terence Hill, sagte Marias Mutter immer. Aber Maria fand, es waren die Augen eines Schneekönigs – und in diesem Moment waren Herrn Burmeesters Augen so kalt, dass Maria das Blut in den Adern gefror. Ihr Mund wurde trocken. Sie wollte etwas sagen. Dass der Prozess vorbei sei. Dass alles zu Ende sei und vorbei und sie in sich selbst zusammenschrumpfe wie alle Materie in einem schwarzen Loch. Aber sie brachte kein Wort heraus.

Als Burmeester sie anschaute mit diesem seltsamen Blick, da wusste sie: Etwas Schreckliches war geschehen.

Er überquerte die Straße, kam direkt auf die Weißen Raben zu, während der Fotografenschwarm erneut seine Verfolgung aufnahm.

Bruno konnte gerade noch rufen: »Alarm! Burmeester kommt!«

Aber da war es schon viel zu spät, natürlich. Maria fühlte, wie Luca ihre Hand fasste. Und sie spürte, wie er zitterte. Und sie hörte, wie er flüsterte: »Was will er?«

Richard Burmeester blieb unter ihnen stehen, immer noch umringt von den Presseleuten. Er sah zu ihnen herauf und versuchte ein Lächeln. Sie starrten ihn an, als wäre er ein Yeti oder Spiderman – nur Janines Augen verengten sich zu Schlitzen.

Die Stimme von Herrn Burmeester war ungewöhnlich rau, als er sagte:

»Für euch, Kinder, tut es mir leid.«

Da wusste Maria, was geschehen war, und die Welt vor ihren Augen verschwamm. Sie öffnete den Mund, um zu schreien, aber kein Ton kam aus ihrer Kehle. Die Fotografen gerieten erneut in Bewegung, ihre Apparate blitzten, als ginge ein Gewitter auf die Erde nieder, und da waren sie, ja, sie waren es.

Santo und Guilia Brunetto. Ihre Eltern.

Maria sprang von dem Garagendach, ihr Fuß knickte beim Aufprall auf dem Asphalt um. Aber sie spürte nicht den Schmerz in ihrem Knöchel. Sie rannte, rannte und rannte, um sie zu retten, *ihre Eltern*, die in Handschellen aus dem Gerichtsgebäude kamen. *In Handschellen!*

Uniformierte führten sie zu einem Polizeiauto. Maria hörte Lucas Rufe hinter sich, und sie hörte auch den alten Gärtner Gajew: »Betrug! Betrug! Das Urteil … falsch!«, und rannte weiter, über die Straße, ohne auf den Verkehr zu achten, sie rannte gegen die Menschenmasse, die den Beamten und ihren Eltern folgte, die sie, Maria, von ihren Eltern trennte, sie schlug gegen Rücken, Schultern, Nacken, Köpfe, und sie schrie, schrie, als wollte sie das Fensterglas in den obersten Büros des Gerichtgebäudes sprengen, die Statuen, die Fresken, den ganzen Plunder – und während sie schrie, stand Luca mitten auf der Straße, ganz schief, wie festgefroren … und Gajew, der Gärtner, nahm Luca in seinen Arm.
Und da hoben ihre Eltern den Kopf. Endlich.
Maria sah sie zwischen all den Menschen. Sie waren so klein wie Kinder.
In ihren Augen nichts als Traurigkeit. Marias Mutter öffnete den Mund, und Maria kämpfte sich durch, bis sie genau vor ihr stand.
Die Fotografen waren still, und die Journalisten waren still. Nicht einmal die Vollzugsbeamten beschwerten sich.
Maria nahm die Hand ihrer Mutter.
Tränen liefen über ihre Wangen. Sie wollte sprechen und konnte es nicht.
»Maria«, sagte ihre Mutter und ihre Stimme klang weich und sanft. »Das ist ein Irrtum. Hörst du: ein schrecklicher Irrtum. Wir waren es nicht. Wir sind unschuldig!«
»Wir könnten so etwas nie tun. Im Leben nicht«, sagte ihr Vater.
Maria nickte.
Plötzlich war sie so glücklich und so traurig wie noch nie in ihrem Leben.
»Mein Liebes«, sagte ihre Mutter, »gib acht auf Luca. Gib acht auf dich. Hörst du?«
Maria nickte. Sie wollte so viel noch sagen. Sie blickte sich um und sah Luca hinter sich, nicht weit entfernt, und Gajew, der ihn hielt.
Luca streckte die Hand nach Maria aus, nach der Mutter, dem Vater. Doch da kamen die Beamten. Sie lösten Marias Hände aus den

Händen ihrer Mutter. Sie führten Santo und Guilia Brunetto fort. Die Tür des Polizeiwagens fiel krachend ins Schloss.
Maria starrte ihnen nach.
Sie hörte nichts mehr, nichts von den Stimmen und dem Lärm um sie herum.
Da waren nur noch die Rufe ihrer Mutter, die sich stetig entfernten, im Rhythmus ihres eigenen Herzschlages:
»Wir waren es nicht … wir waren es nicht … wir sind unschuldig …«

Die Ermittlungen beginnen

»Sie sind fort, für immer fort«, sagte Maria, und ihre Stimme war so leise, dass niemand sie hören konnte.

Die Welt drehte sich noch vor ihren Augen. Und in ihrem Herzen. Sie wusste nicht, wo sie war. Sie wusste nicht, wer an ihrem Bett stand.

Sie sind fort.

»Na ja, was heißt schon: Für immer fort …«

Das war die Stimme von Herrn Burmeester. »Ihr könnt sie doch regelmäßig besuchen … und ihr könnt ihnen schreiben und irgendwann …«

Herrn Burmeesters Stimme war freundlich. Und sanft. Dennoch lärmte und schmerzte sie in Marias Kopf. Sie hämmerte hinter ihrer Stirn, pochte gegen ihre Schläfen. Maria schloss die Augen und öffnete sie wieder. Die Welt setzte sich erst allmählich zusammen. Da war ein Krankenzimmer, das Krankenzimmer des Internats.

Die französischen Fenster, der Stuck an der Decke.

Ein Tisch, ein Stuhl. Es roch nach Desinfektionsmitteln.

Da war Herr Burmeester, gegen das Licht des Fensters machte er einen riesigen Schatten.

Aber da waren auch die Weißen Raben … ganz nahe bei ihr saß Luca, der über ihren Kopf strich. Sehr blass war er, viel zu blass, die Lippen fahl.

»Waren Sie schon mal im Gefängnis?« Janine sah Herrn Burmeester herausfordernd an.

»Ich … im Gefängnis?«, fragte Herr Burmeester etwas verwirrt.

»Dann wissen Sie auch nicht, wie es ist, jemanden im Gefängnis zu besuchen«, sagte Janine, deren Vater – bevor er ganz aus ihrem Leben verschwand – den ein oder anderen Gefängnisaufenthalt hinter sich gebracht hatte: »Dann können Sie nicht beurteilen, wie es ist, wenn jemand im Gefängnis verschwindet. Jemand, den sie lieb haben.«

Herr Burmeester runzelte die Stirn. »Ja! Wahrscheinlich hast du recht, Mädchen.«
»Ich weiß, wovon ich rede«, sagte Janine bestimmt.
»Es ist schwer für euch«, sagte Burmeester mit brüchiger Stimme. »Aber auch ich habe jemanden verloren. Und ich kann sie … ich kann sie nur noch auf dem Friedhof besuchen.«
Alle schwiegen.
Luca nahm Marias Hand.
Alles war sinnlos geworden, seit diesem Urteil. Das Leben rollte über sie hinweg.
Herr Burmeester seufzte: »Ich würde euch gerne noch zu einem Eis einladen, aber ich muss gehen.« Er zwinkerte Maria und Luca aufmunternd zu. »Das holen wir am Samstag nach, ja?«
Jeden Samstag waren sie bei Herrn Burmeester zum Mittagessen eingeladen.
Maria und Luca nickten. Sie konnten ihm nicht antworten, denn mit jedem neuen Wort hätten sie angefangen zu weinen.
»Ich mag euch wirklich sehr gern«, sagte Herr Burmeester dann. »Und ich will, dass ihr eines wisst: Was geschehen ist, ist geschehen. Aber was zwischen euren Eltern und mir steht, das steht nicht zwischen uns. Ich bin immer für euch da.«
Maria nickte verdrossen. Was sollte sie sagen?
Herr Burmeester nahm ihre Hand und drückte sie an sich. Seine Augen waren unbestimmt wie ein diesiger Sommerhimmel. Er roch nach Kaffee, nach Holz und nach Tabak. Er roch nach ihrem Zuhause. Als er sich aufrichtete, bemerkte Maria, dass sie zwei Lakritzschnecken in ihrer Hand hielt. Maria liebte Lakritzschnecken. Er zwinkerte ihr noch einmal zu.
Und dann ging Herr Burmeester.
Die Weißen Raben blieben zurück.
Lange wusste niemand etwas zu sagen.
Was hatten sie sich eingebildet? Das Verbrechen aufzuklären?! Sie?! Sie waren elf und zwölf Jahre alt … Wie sollten sie *irgendetwas* aufklären.

»Der verdammte Ausbeuter, dieser Kapitalist!«, zischte Bruno. »Dass der gewonnen hat, das ist *Klassenjustiz*!« Bruno liebte es, solche Worte zu benutzen. Seine Mutter, die Journalistin, hatte immer schon so mit ihm gesprochen und nie einen Unterschied zwischen Bruno und einem erwachsenen Menschen gemacht. Bruno war stolz darauf. »Die Großen lässt man laufen, weil sie Geld haben, und die Kleinen steckt man ins Gefängnis, weil sie kein Geld haben. So ist das!«

Und er wiederholte, was er sehr, sehr gerne wiederholte, denn es war das Wichtigste, das ihm seine Mutter von klein auf beigebracht hatte: »Trau keinem reichen Mann! Nicht wahr, Drei-Millionen-Fabs?« Er blinzelte zu Fabian herüber. Er liebte es, Fabian zu ärgern. Aber Fabian war mit seinen Gedanken ganz woanders.

»Mein Vater ist auch reich«, antwortete Janine: »Ich meine … manchmal ist er reich, manchmal auch nicht. Und ich kann ihm trauen. Und er war oft genug im Gefängnis! Wo ist da die *Klassenjustiz*?«

»Ausnahmen bestätigen die Regel …«, erklärte Bruno: »Jedenfalls war dieses Urteil ganz klar *Klassenjustiz*. Wir müssen dagegen kämpfen!«

»Ja! Wir müssen uns wehren!« Fabian schlug sich mit der Faust in die Hand und sah Maria an. Wie gern er sie hatte! Am liebsten hätte er sie aus dem Bett gezogen und wäre mit ihr los. Etwas unternehmen. Irgendetwas. Aber als sie seinen Blick erwiderte, erschrak er. Denn ihr Lächeln war so, dass er sich eher wünschte, sie würde weinen. »Und wer … wer sich nicht wehrt, der hat schon vorher verloren.« Er hob entschuldigend die Schultern.

»Schon gut, Fabian«, sagte Maria mit gepresster Stimme. Die Lakritzschnecken klebten in ihren Händen. Sie schloss die Augen.

Die Weißen Raben standen hilflos vor ihrem Bett.

Bruno wollte sie aufmuntern, er wollte sagen, dass es gut werden würde, wenn sie jetzt, *jetzt sofort, schnellschnell*, mit ihren Ermittlungen anfingen, aber Janine stieß ihn in die Seite. Der Blick, den sie ihm zuwarf, war strenger als der Blick von Frau Maedecker, der Schulleiterin.

»Du hast recht, Minipli«, brummte Janine: »Wir sollten besser gehen.«

Die Beine angezogen, den Kopf auf den Knien, saß Luca im sogenannten Hauptquartier der Weißen Raben und versuchte zu verschwinden.
Er wusste nicht genau, wohin verschwinden.
Er stellte sich den winzigsten, schwärzesten Punkt im Universum vor.
Er wollte taub sein und blind. Aber die Welt summte und zwitscherte einfach weiter. Sonnenstrahlen wärmten seine Füße. Die Bohlen des Hauptquartierbodens knarrten ... denn Drei-Millionen-Fabian lief auf und ab und dozierte zu laut, als dass man ihn hätte überhören können.
»Also, was haben wir in der Hand?!«, rief Fabian. Er, der *Offizielle Heimliche Chef* der Bande, hatte zu einem Notfalltreffen zusammengerufen. Maria, der *Wirklichen Heimlichen Chefin*, ging es immer noch schlecht. Die *große* Mission der Weißen Raben musste sich in eine *persönliche* Mission verwandeln und Maria wieder zu der alten Maria werden, sonst verloren alle Missionen ihren Sinn. »Was haben wir in der Hand, Freunde?«
Janine, die bis jetzt murmelnd neben Luca gesessen und Zeitungsartikel durchstöbert hatte, stand auf.
»Wir haben«, sagte sie, »einen verschwundenen Oldtimer von Burmeester, Kennzeichen NHL-RB 1111. Der Wagen wurde am zehnten Oktober des letzten Jahres im Rahmen eines Einbruchs und Raubmordes gestohlen. Das Verbrechen wird Santo und Guilia Brunetto, den Eltern von Maria und Luca, zur Last gelegt!«
»Was für ein Oldtimer?«, fragte Fabian.
»Ein Mercedes-Benz 300, ein sogenannter Adenauer Mercedes!«, antwortete Janine. »Notierte Erstzulassung: 1957! Außenfarbe: braun, Innenfarbe: braun. 6 Zylinder, 125 PS. Ein rattenscharfes Gerät!«
»Verstehe«, sagte Fabian, »... verstehe ... was noch?«
»Dieser Mercedes wurde ... wurde ... ...«, Janine zögerte. Sollte das

alles sein, was sie in der Hand hatten? Das fing ja gut an. »… ehm, er ist nicht wieder aufgetaucht. Er ist verschwunden! Ich glaube, das war es. Ach so! Hast du vielleicht ein Foto von diesem Oldtimer, Luca?«

Luca zuckte zusammen, als er seinen Namen hörte. Er schüttelte den Kopf. »Nein … nein«, murmelte er hastig.

»Wir müssen da dranbleiben«, erklärte Fabian bestimmt. Die Hände hinter dem Rücken verschränkt, die Stirn in Falten gelegt, schritt er hin und her wie ein richtiger Detektiv. Seine Brille rutschte ihm dabei immer wieder auf die Nasenspitze, was ihn ziemlich störte. »Sollte der Mercedes in irgendwelchen Annoncen zum Verkauf angeboten werden, dann führt uns das womöglich zu den wahren Tätern vom zehnten Oktober … Übernehmen Sie das, junge Freundin?« (Der Form halber wollte er Janine eine Zeit lang siezen. Wie Sherlock Holmes und Dr. Watson es auch taten.)

Janine nickte: »Wird gemacht, Chef.«

»Ausgezeichnet …« Fabian schob seine Brille hoch. Obwohl er so tat, als ob alles in Ordnung wäre, war er ein bisschen ratlos. Im Grunde war er vollkommen ratlos. Er fragte: »Haben Sie etwas herausgefunden, Genosse Bruno?«

»Nichts!«, Bruno zuckte bedauernd mit den Achseln. »Leider nichts!«

»Nichts?«, Fabian wirkte verstimmt.

»*Nichts – nichts*, und von *nichts* kommt *nichts*«, sagte Bruno bedeutungsvoll. »Den ganzen Nachmittag hab ich unterm Pflaumenbaum gelegen und nachgedacht, und das Einzige, was mir eingefallen ist: Wir müssen Burmeester observieren. Ja! Möglicherweise hängt der ja mit drin, Drei-Millionen-Fabs!«

»Nenn mich … äh, nennen Sie mich nicht so! Der Burmeester hängt da nicht mit drin! Nur, weil er ein Reicher ist, ist er noch lange kein Verbrecher!«

»Doch, durchaus, Primus«, sagte Bruno, »grade drum! Wenn du zu Geld kommen willst in *dieser Welt*, dann musst du ein Verbrecher oder ein … Wahnsinniger sein. Wir sollten den Tatort untersuchen.

Den ganzen Tatort!« Brunos Augen leuchteten wild auf: »Wir müssen die Nachbarn und Anwohner befragen. Observieren! Augenzeugen!«
»Was zum Teufel soll das bringen! Die Polizei hat das längst erledigt«, fuhr Janine Bruno an. »Du mit deinem Reichentick! Der Mercedes ist wichtiger!«
Fabian nickte.
»Sie haben recht, junge Freundin. Sonst noch was?«
Luca spürte, dass alle ihn ansahen. Und erwarteten, dass er etwas sagte. Er räusperte sich und blickte zu Boden. Er musste sein Universum verlassen.
»Das ist alles gut, was ihr macht«, brummte er, »meine Eltern werden euch sehr dankbar sein und ...«
Er kam nicht dazu, seinen Satz zu Ende zu sprechen. Denn von draußen rief eine schrille Stimme ihre Namen. Fabian steckte den Kopf aus dem Fenster. Unter ihrem Hauptquartier stand Filius Kasimir.
Filius Kasimir war ein spindeldürres Kerlchen, ein bedauernswerter Mitschüler, denn er war der Sohn der Direktorin Maedecker, die alle *Frau Mähdrescher* nannten. Im Grunde war Kasimir ganz in Ordnung, nur musste er immerzu die Befehle seiner Mutter ausführen. Und diese Befehle kamen bei den Mitschülern ausgesprochen schlecht an. Frau Mähdrescher liebte Kasimir abgöttisch, denn nach dem Tod ihres Mannes war er das Liebste, was sie hatte – aber sie wusste nicht, was sie ihm antat, wenn sie ihn zu ihrem Botschafter machte.
»Guten Tag und auf Wiedersehen, Kasimir«, rief Fabian in seiner Rolle als *Offizieller Heimlicher Chef*, »wir haben Sitzung.«
»Zisch ab, Kasilein!«, fügte Bruno hinzu.
Kasimir aber blieb. Den Kopf im Nacken starrte er hoch zum Hauptquartier der Weißen Raben, einem verlassenen Baumhaus, das in einem gewaltigen Ahornbaum acht Meter über dem Boden schwebte. Nur über eine Strickleiter gelangte man dorthin, und diese Strickleiter zogen die Weißen Raben sofort ein, wenn sie oben waren. Janine hatte diesen Unterschlupf eines Tages im Frederikenwald

hinter *Hof Kranenbeck* entdeckt. Weit konnte man aus dem Hauptquartier gucken, denn der Ahornbaum stand auf einer Lichtung. Von hier oben sahen sie die dicht gedrängten, roten Ziegeldächer der kleinen Stadt, die hügelige Landschaft der Dünen, den Leuchtturm und das graue, endlose Meer in der Ferne. Aber auch die weiße Gründerzeitvilla von *Hof Kranenbeck*, die ausgebauten Scheunen und die Linden vor dem Herrenhaus konnten sie erkennen. Außer den Weißen Raben wusste nur Kasimir von dem Baumhaus, dem *Geheimen Großen Hauptquartier* der Weißen Raben. Er war ihnen einmal heimlich dorthin gefolgt.

»Wenn ihr nicht kommt«, drohte Kasimir, »kriegt ihr von der Direktorin Klassenkonferenzen!«

Fabian schrie: »Frau Mähdrescher kann uns mal kreuzweise!«

»Ihr wart nicht in der Schule«, rief Kasimir. »Und dann war dieser Typ da, dieser Burmeester, und meinte, die Direktorin sollte ein Auge auf euch haben. Vor allem auf Maria und Luca. Aber auch auf die andren!«

Voller Freude bemerkte Kasimir, dass Drei-Millionen-Fabian nachdenklich wurde.

»Und ihr wisst ja ...«, seine Stimme klang betont desinteressiert, als er das sagte, »... dass Burmeester zum *Freundeskreis* von *Hof Kranenbeck* gehört. Der spendet eine Menge Geld. Seine Wünsche werden *sehr* ernst genommen! Also kommt, wenn ihr nicht von der Schule fliegen wollt.«

Fabian schob seine Brille hoch: wie immer, wenn er nervös war.

»Du Sklavenseele!«, rief Bruno Kasimir zu: »Verdammte Schuldiktatur! Verdammte Mähdrescherei.«

Janine fuchtelte mit den Armen: »Hau ab, Kasilein!«

Und Kasi – rot vor Wut – drehte sich auf dem Absatz um und lief weg.

»Vielleicht hätten wir ihn diesmal nicht wegschicken sollen«, seufzte Luca leise. Er hatte sich von seinem Platz auf dem Boden keinen Zentimeter fortbewegt: »Bringt ja nichts, wenn wir auch noch von der Schule fliegen.«

»Ach was!«, rief Fabian: »Der hat doch Angst. Der sagt seiner Mutter, dass er uns nicht gefunden hat oder so. Und die glaubt ihm aufs Wort.«
Ganz sicher war er sich nicht. Wenn Kasimir wütend war, machte er die komischsten Sachen. Dann war er unberechenbar.
Fabian sah hinter Kasimir her. Seine Eltern nahmen alles, was mit Schule zusammenhing, sehr ernst. Wenn er flog ... das würde riesigen Ärger geben. Seine Schulbildung war für sie das Wichtigste überhaupt. Doch für Maria, dachte Fabian, würde er alles tun und alles aufgeben ... Damit sie ihn, den *Offiziellen Heimlichen Chef*, nur ein kleines bisschen gern hatte.
Aber ... wie sollte es *jetzt* weitergehen? Er musste einen Vorschlag machen. Denn Chefs, das wusste er von seinem Vater, mussten sagen, wo's langgeht. Leider gab es in Fabians Chefkopf überhaupt keine Idee. Keine Idee ... die er Maria erzählen konnte ... um ihr Hoffnung zu schenken ... und mit der Hoffnung seine große Liebe, natürlich.
»Da hinten«, murmelte er zerstreut, »seht ihr die beiden Gestalten. Dunkle Gestalten. Mitten im Wald.«
Er hatte das einfach gesagt, weil er plötzlich die beiden Menschen entdeckt hatte.
Jetzt nahm er ein Fernglas, das sie im Baumhaus aufbewahrten. Janine und Bruno blickten ihn an, als zweifelten sie an seinem Verstand. Hatte er denn nichts Besseres zu tun?
Fabian erkannte nicht, wer die Spaziergänger waren. Sie schlenderten ziellos zwischen den Bäumen des Frederikenwalds umher. Dann umarmte der Mann die Frau und drückte sie gegen einen Baum. Er küsste sie. Es wurde ein langer Kuss.
»Seht euch das an!«, Fabian lachte und wurde rot. »Verliebte!«
Bruno drängte ihn zur Seite, um auch einen Blick durch das Fernglas zu werfen. Das interessierte ihn nun doch ... Er beobachtete das Paar eine Weile und schwieg. Fabian blieb neben ihm.
»Und?«, sagte er schließlich. »Ist das mal ein ordentliches Geknutsche?«
Doch Bruno war nicht zum Scherzen zumute.

»Ich pack es nicht«, murmelte er, »der Typ bewegt sich wie Burmeester. Hat auch seine Figur.«
»Burmeester?«, Janine lachte: »Ich glaube, du leidest unter Verfolgungswahn.«
Aber auch sie war neugierig und schnappte Bruno das Fernglas aus der Hand. Sie brauchte nur ein paar Sekunden. Dann sagte sie: »Er ist es. Verdammt! Der hat seine Frau schnell vergessen.«
Janine war so aufgeregt, wie die anderen es noch nie erlebt hatten.
»Sogar denselben Anzug wie heute Morgen trägt er. Aber wer ist diese Frau? Luca, Luca! Das musst du dir ansehen!«
Luca hob den Kopf. Er lächelte und brummte leise: »Nein danke, schon gut …«, so freundlich wie möglich. Er wollte niemanden enttäuschen … Ob und mit wem Burmeester durch den Wald spazierte, das war ihm in diesem Moment ziemlich schnuppe.
»Doch! Das musst du dir ansehen! Wer ist diese Frau?«
Aber Luca kam nicht dazu, Herrn Burmeester und die Unbekannte durch das Fernglas zu beobachten. Denn eine metallene, viel zu hohe und viel zu bekannte Stimme durchschnitt die frederikenwäldliche Stille.
»Fabian Alberts!«, schrie diese Stimme und ließ alle Weißen Raben erstarren: »Wenn du nicht in drei Sekunden hier unten bist, dann erlebst du ein blaues Wunder! Und deine Kollegen ebenso!« Frau Mähdrescher!
Hatte Kasimir sie doch verraten?
Als sie einer nach dem anderen über die Strickleiter nach unten kletterten, stand Kasimir da wie ein begossener Pudel. Mit hochrotem Kopf. Und neben ihm hatte sich auf der einen Seite seine Mutter, Frau Mähdrescher, aufgebaut. Auf der anderen Seite leuchtete eine rote Nase. Sie gehörte zu *Bierchen*, dem Bibliothekar und Kunstlehrer, der eigentlich Helge Puls hieß.
Frau Mähdrescher erklärte: »Ich bin sehr enttäuscht von euch allen. In unserem Haus gibt es Regeln! Und wer sich nicht an die Regeln hält, der wird die Konsequenzen spüren. Wisst ihr, was Konsequen-

zen sind? In eurem Fall: Nachsitzen, nachsitzen und nachsitzen! Bis neun Uhr abends! Habt ihr verstanden?«
»Verstanden«, murmelten die Weißen Raben.
»Von dir, Fabian, hätte ich etwas anderes erwartet! Deine Eltern werden nicht sehr begeistert sein. Bruno und Janine, euch würde ich empfehlen, für die Prüfungen zu lernen, anstatt euch herumzutreiben. Und Luca, du kannst dir auch nicht alles erlauben, nur weil das heute ein schwerer Tag für dich ist. Ich bin sehr enttäuscht! Habt ihr verstanden?«
»Verstanden«, wiederholten Janine, Fabian und Bruno grimmig.
Sie alle hatten Frau Mähdrescher gar nicht richtig zugehört, außer Luca, und der sagte nichts und verschwand wieder in seinem Universum.
Aber Janine, Fabian und Bruno dachten an Burmeester und die Frau im Wald. Burmeester hatte eine Freundin! Eine Freundin, mit der er knutschte! Dabei hatte er so getan, als sei er der *untröstliche Witwer.* Irgendetwas stimmte da nicht. Sie mussten nun tun, was Bruno vorgeschlagen hatte. Sie mussten Burmeester ausforschen. Ihn observieren.
Die Ermittlungen konnten beginnen!

Luca

Das Mondlicht fiel schräg in das schmale Zimmer von Fabian, Bruno und Luca am Ende des Korridors. Im Lichtkegel des Mondes spielten die Schatten einer Linde. Luca mochte das Geräusch, wenn ihre Blätter im Wind raschelten, es klang wie ein Flüstern, wie eine Antwort auf das Gemurmel aus Seufzern und Atemgeräuschen im schlafenden Internat. Der Wecker auf dem Nachttisch klackte leise: ein Uhr. Luca lag auf dem Rücken, den Blick auf die Zimmerdecke gerichtet. Er mochte diese einsamste Zeit des Tages nicht.
Der dunkle Balken der Nacht trennte ihn vom Licht, vom Leben. Nacht für Nacht. Um diese Zeit vermisste Luca seine Eltern noch mehr als sonst.
Fort. Sie sind fort.
Er wollte nach Hause. Er wollte in sein altes Leben zurück. Er wollte in seinem alten Bett liegen, den alten Bezug fühlen, er wollte das Licht im Flur sehen, er wollte die Stimmen seiner Eltern im Wohnzimmer hören, die Gitarre seines Vaters. Luca wollte, er wollte … Die Sehnsucht war wie eine Wunde in seinem Bauch, und die Einsamkeit war wie eine dunkle Wolke, und er musste sich zur Wand drehen und tief durchatmen, um nicht zu weinen …
Immer, wenn er sich so traurig fühlte und schwer wie ein Hund im Regen, griff Luca nach dem Fotoalbum, das er unter seiner Matratze versteckt hielt. Oft wachte er am Morgen mit dem aufgeschlagenen Album in den Händen auf. Es hatte ihm in den letzten Wochen geholfen, sein Heimweh nicht noch schlimmer werden zu lassen. Doch auf eine Art machte es sein Unglück auch größer …
Dabei war es nur ein einfaches, DIN-A4 großes Buch mit blauem Ledereinband. In einem Quadrat auf der Vorderseite stand in Goldschrift: *Erinnerungen.* Die Seiten waren am Rand abgegriffen und stumpf, der Plastikschutz über den Bildern klebte nicht mehr richtig.

Das Album zeigte Bilder von früher.
Bilder aus einer anderen Welt.
Denn es war nun schon drei Jahre her, dass Luca es an seinem Geburtstag zusammen mit einem Fotoapparat von seinen Eltern geschenkt bekommen hatte. Bis zu deren Verhaftung im Oktober hatte er alles fotografiert, was ihm vor die Linse gekommen war. Für ihn gab es nichts Zauberhafteres, nichts Wunderbareres auf der Welt als diesen Kasten, der *Fotos* produzierte. Bunte, lebendige, großartige *Fotos*, die man immer und immer wieder ansehen konnte.
Luca fotografierte pinkelnde Hunde, die ersten Kirschblüten, Touristen, die auf die Fähre warteten, Frauen, die aus dem Fenster gähnten, Männer, die in der Kneipe schnarchten ... Das Leben war ein Karussell aus bunten Farben! Er fotografierte auch seine Mutter, seinen Vater, Maria, Cecilia Burmeester im Garten der lilienweißen Villa: weit nach hinten gelehnt im Schatten des Pflaumenbaumes, einen nassen Waschlappen auf der Stirn wegen der Migräne. Natürlich fotografierte er auch Herrn Burmeester, der am Abend auf der Veranda rauchte und Whiskey trank. Der mit fremden, fernen Menschen telefonierte.
Luca kam nie vor auf diesen Bildern. Und das gefiel ihm. Er wollte nur ein Beobachter sein, der die Welt auf Fotos bannte ...
Doch dann drehte die Welt plötzlich durch. Als wäre sie beleidigt, dass Luca sie immer und immer wieder fotografiert hatte, verpasste sie ihm eine schallende Ohrfeige. Und sein ganzes Leben veränderte sich an nur einem Tag.
Seit der Verhaftung seiner Eltern hatte er die Kamera nicht mehr benutzt. Ihm war die Lust vergangen.
Doch in jeder Nacht, wenn er wach lag, sah er sich die alten Bilder wieder und wieder an. Es war, als ginge er durch ein Museum aus guten Träumen.
In denen war das Schlimme noch nicht passiert. Es gab keine Verhaftung. Kein Gefängnis. Keinen Prozess. Die Welt war rein, weiß und unberührt wie nach einem langen Schneefall.

Luca schaute sich in dieser Nacht eine Fotoserie an, die er im letzten Sommer in einer italienischen Pizzeria aufgenommen hatte. Seine Eltern und Maria saßen mit italienischen Fahnen zwischen anderen Menschen mit italienischen Fahnen und Trikots. Dazwischen liefen Kellner mit bunten Hüten. Maria hatte sich die rot-weiß-grünen Farben ins Gesicht gemalt. Ein Fußballspiel wurde im Fernsehen gezeigt: Italien gegen Deutschland. Auf den Bildern konnte man die Spannung in den Gesichtern sehen, den Jubel bei dem entscheidenden Tor. Seine Eltern und Maria lagen sich in den Armen. Und um sie herum lauter lachende Menschen.
Luca blätterte eine Seite weiter in seinem Album: Da gab es Bilder von Bordsteinen, weinenden Kindern, einem Dreirad …
Er war nach Hause gegangen. Ja. Früher als die anderen. Luca erinnerte sich, dass er vor seiner Familie die Pizzeria verlassen hatte.
Und im Garten war er dem alten Gärtner Gajew begegnet, dem Kollegen seines Vaters, der Geschichten von Russland erzählte und Luca einmal das Foto von einem hundertjährigen Kirschbaum geschenkt hatte. Luca mochte Gajew sehr gern. Ein paar Stunden zuvor erst hatte er ihn getroffen, vor dem Gerichtsgebäude und vor der Urteilsverkündung, und Gajew hatte mit seiner rauen Stimme gesagt: »Wird schon gut, Junge, wird schon alles gut … Sie waren es doch nicht!«
Und obwohl nichts gut geworden war, liebte Luca Gajew nur für diese zwei Sätze.
Er betrachtete das Foto.
An diesem Tag stand der Gärtner am Zaun und beschnitt die Rosensträucher. Auf den Fotos hob er die Hand, als er Luca bemerkte, lachte sein Lachen, um dann wieder in seiner Arbeit zu versinken, im Abendlicht. Luca starrte so lange auf das entspannte, faltige Gesicht des alten Mannes, bis es vor seinen Augen verschwamm und zu Farben und Formen wurde.
Und dann sah Luca etwas, das er vorher niemals bemerkt hatte.
Natürlich hatte er sich auch schon die Bilder von Herrn und Frau Burmeester angesehen, die zwischen den Fotos mit dem Gärtner auf-

tauchten. Aber jetzt, nach dem, was er am Nachmittag – wie durch einen Nebel aus dunklen Gedanken – erfahren hatte, sah er die Bilder mit anderen Augen. Herr und Frau Burmeester saßen nebeneinander auf den Stufen zur Veranda. Sie sprachen nicht miteinander. Cecilia Burmeester saß sehr gerade, ihre blassgrauen Augen blickten starr nach vorne. Eigentlich hätte sie Luca in diesem Moment entdecken müssen und ihm zuwinken, wie sie es sonst immer tat. Aber sie bemerkte ihn gar nicht. Als würde sie durch ihn hindurchsehen.
Und Herr Burmeester, der saß breitbeinig neben ihr, irgendwie durcheinandergeraten, und vergrub den Kopf in seinen Händen, still, leblos.
Sie sahen aus wie Figuren aus einem Wachsfigurenkabinett.
Luca nahm eine Lupe zur Hilfe. Wenn er es sich recht überlegte, dann sahen sie aus wie seine Eltern, wenn sie sich gestritten hatten.
Kurz, bevor sie sich wieder vertrugen und über sich selbst lachen mussten. Oder auch nicht.
Aber hier, bei Herrn und Frau Burmeester, hier war noch keine Versöhnung in Sicht.
Luca war mehr als verwundert.
Normalerweise redeten Herr und Frau Burmeester kaum miteinander. Sie gingen sich aus dem Weg. Warum das so war, darüber hatte Luca nie nachgedacht. Ihre Welt war ihm ein Rätsel geblieben: ein Rätsel aber, das er nicht lösen musste.
Doch hier, auf dem Foto, da stand etwas zwischen ihnen. Hatte er etwas Wichtiges entdeckt? Etwas, das zu dem küssenden Burmeester im Frederikenwald passte?
Hatten Burmeester und seine Frau gestritten, so kurz vor ihrem Tod?
War die Sache mit dem Observieren womöglich doch eine gute Idee?
In diesem Moment geschah etwas mit Luca. Im Grunde war es nur ein Gedanke, der ihm durch den Kopf ging, und der kaum einfacher hätte sein können. Doch er ließ den Nebel um ihn verschwinden. Er dachte:
Wenn ich nichts tue, dann wird sich auch nichts ändern.
Janine, Fabian und Bruno hatten recht! So hilflos ihre Ermittlungen

auch waren: Es waren wenigstens Ermittlungen! Und es gab zumindest die Möglichkeit, dass sie eines Tages zu etwas führten.
Lautlos stand Luca auf. Fabian schnaufte und Bruno murmelte im Schlaf, während Luca auf leisen Sohlen zur Balkontür schlich.
Er musste Maria von seiner Entdeckung erzählen.
Über die Geländer der beiden Balkone hangelte sich Luca hoch in das dritte Stockwerk.
Maria schlief, blass, die Stirn in Falten gelegt. Luca fasste ihren Arm und schüttelte sie.
»Maria …« flüsterte er. »Maria … wach auf.«

Die Frau aus den Stummfilmen

Am frühen Samstagmorgen fiel das erste Licht auf die Fenster von *Hof Kranenbeck* und in den klaren, wie rein gewaschenen Sonnenstrahlen sah das Internat aus, als wäre es der friedlichste Ort der Welt. In der Luft summten die Bienen. Das schneeweiße Herrenhaus mit seinen Säulen und Pfeilern, mit dem dämmrigen Lindenhof und Bierchens Rosengarten, die steinernen Löwen am Tor … alles lag still und anmutig im Sonnenlicht.

Niemand hätte vermutet, dass hier auch nur eine einzige Menschenseele an komplizierte Dinge wie Mord oder Totschlag dachte.

Wie trügerisch war der äußere Schein!

Die Weißen Raben wussten, wie das Leben *wirklich* war. Sie kannten den Schmerz, die Gefahr, und auch die Dunkelheit …

Sie kannten die düsteren und schattigen Seiten der menschlichen Seele! Ja! Sie mussten kämpfen, bis zum letzten Atemzug, bis das Unrecht aus der Welt geschafft war, und wenn sie selbst ihr Leben verloren!

»Am Himmel fliegen die Weißen Raben. Sie fliegen hin zum großen Licht. Aber- und Abertausende werden sie beklagen. Aber sich selbst, sich selbst beklagen sie nicht.«

An diesem Samstagmorgen erwachten sie mit dem Gefühl, an etwas Großem teilzuhaben. Sie wussten nicht, was *dieses Große* war. Aber sie wollten es unbedingt herausfinden.

Aufgeregt rannten sie durch *Hof Kranenbeck*. Über den Platz vor dem Haus, die breiten Treppen, hoch in ihre Zimmer …

Die meisten Schüler waren am Freitagabend nach Hause gefahren. Die Korridore lagen verlassen da. Bereit, erobert zu werden! Ja, sie zogen in eine wichtige, eine bedeutsame Schlacht … Sie waren stark, schnell und schlau. Der Klang ihrer Schritte und Stimmen hallte zwischen den hohen Steinwänden … als wäre eine Armee unterwegs. Sie

johlten und sangen, so berauscht waren sie von ihrer Stärke, ihrem Mut.
Ihrer *Unbesiegbarkeit.*
Niemand konnte sie aufhalten.
»Ihr Witzbolde!«, rief Fabian den Gemälden im Treppenhaus zu. Die Bilder zeigten mürrische Vorgänger von Frau Mähdrescher und hatten ihm irgendwann einmal (in grauer Vorzeit) Angst eingejagt. Doch jetzt machte ihn das Echo seiner Stimme übermütig: »Verneigt euch!«, rief er: »Ihr alten Hugenotten!«
»Am Himmel fliegen die Weißen Raben. Sie fliegen hin zum großen Licht«, trällerte Janine ausgelassen, »*wir* sind die Weißen Raben, die Weißen Raben sind *wir.*«
»Von dem Dach pfeift jede Dohle, brecht die Macht der Monopole …«, setzte Bruno hinzu.
Wie schön war es zu rennen, einfach zu rennen und seine Kraft zu spüren!
Luca fühlte, wie das Glück durch seine Adern flutete. Es kribbelte wie Zitronenlimonade. Er wollte schreien und jubeln und einen Purzelbaum schlagen … Sogar Maria war wieder da, ja, da lief sie und fiel in Janines Lied mit ein. »Wir sind die Weißen Raben, die Weißen Raben sind wir …«
Sie hatten sie wieder gesund gemacht.
Alles, alles würde wieder gesund werden.
Sie würden die Welt entzaubern.
Sie würden sie befreien von ihrem Unglück.
Ja, sie würden ihre Eltern befreien. Ja! Luca lachte und sprang hoch vor Freude.
»Aber- und Abertausende werden sie beklagen,
aber sich selbst, sich selbst beklagen sie nicht.«
»Darf ich fragen, wo ihr schon wieder hingeht!?«
Kasimirs Stimme, schrill und hoch, am Ende des Korridors. Sie drehten sich um. Im Gegenlicht war er nur als Silhouette zu erkennen. Hinter ihm rannten ein paar Schüler aus der siebten Klasse die Treppe hoch. »Wochenende! Wochenende!«, riefen sie, und einer von

ihnen, ein gewisser Mika von Treptow, rempelte Kasimir im Vorbeigehen so hart an, dass er hinfiel. Mika klatschte in die Hände, die Siebtklässer jauchzten und jagten weiter die Stufen hinauf ins dritte Stockwerk. Kasimir stand wieder auf.

»Habt ihr meiner Mutter nicht gesagt, ihr bleibt am Wochenende hier?!«, fiepste er, als wäre nichts geschehen. Doch an dem Zittern in seiner Stimme erkannten sie, dass er den Tränen nahe war. Bruno seufzte. »Was interessiert dich das, Schnüffelratte?«

»Ich meine ja nur …« Langsam, ein Bein nachziehend, humpelte Kasimir auf sie zu. »Wenn meine Mutter das rauskriegt, bekommt ihr wieder Ärger.«

»Das lass mal unsere Sorge sein«, erwiderte Janine und dann lauter: »He! Was ist mit deinem Bein passiert?«

»Das lass mal meine Sorge sein!«, schrie Kasimir, und im schwachen Licht des Korridors sahen sie sein bleiches, verzweifelt wütendes Gesicht. »Das geht euch nichts an …«

»Du darfst dich von denen nicht unterkriegen lassen«, meinte Bruno: »Das sind doch Idioten und …«

Er konnte nicht weitersprechen. Die Siebtklässer kamen zurück, sie polterten über den Flur, und als sie Kasimir erreicht hatten, tanzten sie um ihn herum: allen voran Mika von Treptow, dessen spitzes Gesicht in wilder Begeisterung strahlte.

»Filius, der Kasimir,
ach, wo ist das Muttertier?
Weinte einst und schrie so sehr,
denn sein Vater ging ins Meer
wo kriegt er nur 'nen Neuen her …«

Sie lachten rau. Mika drehte eine Schleife um Kasimir, machte einen kleinen Hüpfer und setzte dazu an, ein neues Lied zu trällern, doch dann bemerkte er Brunos zorniges Gesicht … Flink schlug er einen Haken, rief: »Abflug, Leute. Der Kommunist hat schlechte Laune!«, und laut lärmend verschwand er zusammen mit seinen Freunden.

Für einen langen Moment war es sehr still auf dem Korridor. Kasimir hatte sich abgewandt. Sein schmaler Rücken bebte, aber er weinte nicht.
»He Kasimir«, sagte Luca leise, »alles in Ordnung?«
»Mach dir nichts draus«, versuchte es Bruno.
»Die Dümmsten schreien am lautesten«, tröstete ihn Janine: »Sagt mein Vater immer.«
Obwohl Kasimir eine Nervensäge war und alles seiner Mutter erzählte und ihr Hauptquartier verraten hatte: In solchen Momenten tat er ihnen wirklich leid. Doch von ihrem Mitleid wollte er nichts wissen. Als er sich umdrehte, war sein Gesicht dunkelrot. Mit einer Kraft, die sie überraschte, schrie er:
»Lasst mich in Ruhe! Lasst mich endlich in Ruhe!«, und rannte fort.

Zum Mittagessen kamen Maria und Luca in der lilienweißen Villa Burmeester an. Bei Lammbraten mit Rosmarin baten sie Burmeester, bis Sonntag bleiben zu dürfen. Sie strahlten wie Honigkuchenpferde. Fröhlich, fröhlich. Glückselig. Ein Lächeln ins Gesicht genäht. Burmeester durfte keinen Verdacht schöpfen.
»Filius Kasimir wurde knallrot: vom Haaransatz bis in die Zehenspitzen ...«, rief Luca atemlos und konnte nicht anders, als einen Blick aus dem Fenster zu werfen. Er wusste: Im Garten richteten seine Freunde eine Laube ein, eine Laube als *Alternatives Hauptquartier* ... »Und als *Bierchen*, der Kunstlehrer, ihn aufforderte, sich zu erheben, schüttelte er verbissen den Kopf. Er hatte sich in die Hose gemacht, wie ein Baby!«
Luca brüllte vor Lachen, so, wie es Mika von Treptow immer tat, wenn er diese Geschichte zum hundertsten Mal erzählte. Luca selbst fand die Geschichte nicht besonders witzig, und überhaupt: Er mochte es nicht, laut zu erzählen und ständig dumm zu lachen. Aber er gab sich die größte Mühe, denn das hier war ein Notfall.
Burmeester schmunzelte höflich. Mit einem Blick auf Maria sagte er freundlich: »Wie ich sehe, geht es euch schon viel besser. Das freut mich, das freut mich wirklich sehr.«

»Tja, was soll man machen.« Maria verschlang hastig ein Stück Lammbraten. »Darüber nachzudenken oder zu weinen, das bringt nichts, das kostet nur Energie. Und die Energie«, setzte sie in einem Anflug von Übermut hinzu, »die Energie brauche ich nun zum Lernen! Ich will Jura studieren, wissen Sie, um Rechtsanwältin zu werden.«

Sie klimperte (irgendwie zu *entzückend*, wie Luca fand) mit den Wimpern, und lächelte Herrn Burmeester falsch an. Luca versetzte ihr einen leichten Tritt gegen das Schienenbein.

Aber Herrn Burmeester kam Marias Geklimper nicht übertrieben vor. Er zog nur die Augenbrauen hoch. »Ihr seid tapfer«, sagte er, »wirklich sehr tapfer. Ich bewundere euch.«

Eine halbe Stunde später saßen Maria und Luca mit Bruno, Janine und Fabian in der Laube im hinteren, versteckten Teil des Gartens. Sie warteten auf Mord und Totschlag ... ein Hinweis auf Burmeesters neue Affäre wäre auch ganz nett gewesen ... oder eine andere hochbrisante Angelegenheit, die mit den schattigen und düsteren Seiten der Seele zu tun hatte!

Die Sonne schien prall auf das Dach der Laube, gegen Nachmittag wurde es schwül und stickig. Sie saßen kerzengerade da. Nichts würde ihnen entgehen. Janine und Fabian wechselten sich ab mit dem Fernglas. Maria machte sich Notizen. Luca saß aufrecht, den Fotoapparat auf die Villa gerichtet, und versuchte, durch das Dickicht der Blätter einen Ausschnitt von Burmeesters Fenster einzufangen.

Bruno aß den Inhalt des Picknickkorbes (er hatte Nussecken und Limonade eingepackt) und hielt mit seinen »messerscharfen Adleraugen« Ausschau.

Die Zeit verging, es schlug drei Uhr, vier Uhr, fünf ...

Es geschah ... nichts.

Nicht mal das kleinste Fitzelchen von irgendetwas. Nur das große, erbärmliche Nichts.

Richard Burmeester tat einfach nichts Verdächtiges.

Den ganzen blöden Tag saß er in seinem Arbeitszimmer und schrieb. Manchmal glotzte er ausdruckslos auf seinen Computer.
Die observierte Person fährt sich durch die Haare und kratzt in seinem Gesicht herum. Die observierte Person denkt wahrscheinlich nach … notierte Maria und wusste dabei, dass das höchstwahrscheinlich nicht wichtig war. Einmal telefonierte Burmeester, aber währenddessen sah er weder besonders verliebt aus noch wie ein Mann, der gerade ein Verbrechen plante. Eher ein bisschen gelangweilt oder genervt: so wie Bruno, wenn Frau Mähdrescher ihm eine Standpauke hielt. Überhaupt klingelte oft das Telefon, aber meistens ging Burmeester gar nicht ran. Durch das Fernglas erkannten sie ein paar Mal, wie er nach draußen auf die Veranda trat, um eine Zigarette zu rauchen. Und dann zog sich Burmeester wieder zurück und arbeitete weiter. Luca machte Fotos von ihm, doch langsam schwand seine Hoffnung. Was zum Teufel taten sie hier?
Burmeester wirkte ganz harmlos, so gar nicht düster, so gar nicht verbrecherisch.
»Sogar ganz hübsch«, fand Maria, und musste in Gedanken ihrer Mutter recht geben.
»Von wegen hübsch«, brummte Fabian, *Offizieller Heimlicher Chef*, aber er konnte seine *Wirkliche Heimliche Chefin* dabei nicht ansehen. »Der ist so hübsch wie ’ne Milchkuh. Nur ein Verbrecher, das ist er leider nicht. Sitzt den ganzen Tag hier rum. Was für ein Langeweiler!«
»Was glaubst du denn, Drei-Millionen-Fabs«, sagte Bruno, »denkst du, Verbrecher laufen den ganzen Tag mit einem Messer durch die Gegend und suchen jemanden zum Umbringen?«
»Nee«, Fabian setzte das Fernglas ab und blinzelte in die Nachmittagssonne, »aber der Burmeester da, der arbeitet nur. Alle Menschen, die arbeiten, sehen so aus wie der. Ich kenne das von meinen Eltern. Die arbeiten *immer*!«
Still beobachteten sie, wie Herr Burmeester das Fenster zu seinem Arbeitszimmer schloss und – womöglich in die Küche – verschwand.
»Vielleicht hat er einfach nur eine Freundin«, murmelte Janine, »er

muss ja nicht ins Kloster gehen, nur weil seine Frau tot ist. Meine Mutter hatte schon hundert verfluchte Freunde, seitdem mein Vater weg ist. Allesamt Idioten.«
»Streit unter Eheleuten, das kommt in den besten Familien vor«, flüsterte Fabian, »überall … Und auch Betrug. Ehebruch findet in den heutigen westlichen Industriegesellschaften häufig statt und geht sowohl von Frauen als auch von Männern aus.« Fabian dachte kurz nach. Dann sagte er: »Es bringt nichts, hier rumzusitzen. Das ist die falsche Fährte. Wir sollten abhauen.«
Sie verstummten. Luca machte eine Panoramaaufnahme der lilienweißen Villa. Dann verstaute er seinen Fotoapparat in der Fototasche.
»Wäre ja auch zu schön gewesen«, murmelte er.
Alle schwiegen. Und Burmeester blieb verschwunden.
»Seid mal still«, flüsterte Maria schließlich, obwohl schon lange niemand mehr etwas gesagt hatte. Sie strich sich das rote Haar hinter die Ohren. Alle sahen, wie ihre Hände zitterten. »Ich glaube, da kommt jemand.«
Ich glaube, da kommt jemand …
Unwillkürlich tastete Bruno nach der Steinschleuder neben sich.
Fabian und Luca rückten enger zusammen.
Janine runzelte die Stirn.
Sie lauschten.
Da war der leise Sommerwind, das Rauschen einer entfernten Straße. Da waren die Zikaden in den Brombeersträuchern, die Spatzen unter den Dächern. Ein Auto, das startete. Musik, irgendwo, und dahinter: das Meer.
Doch da.
Jetzt hörten auch sie, was Maria meinte. Hinter all den zarten Geräuschen des Nachmittags.
Da waren Schritte … Still, fast zaghaft. Schuhe, die beim Aufsetzen auf Moos und Gestrüpp ein leises Schmatzen von sich gaben.
Wie das Mampfen einer Kuh.
Die Weißen Raben sahen sich an und erstarrten.

Burmeester!
Er hatte es die ganze Zeit gewusst! Er wusste, dass sie hier saßen und ihn beobachteten! Jetzt kam er und würde sie … Ja – was? Erwürgen? Oder einsperren, zur Polizei bringen, wegen Belästigung, wegen unbefugten Laubenbesetzens …
»Weg hier!«, sagte Fabian.
»Vorne durch den Garten«, flüsterte Bruno, »wir rennen durch den Garten!«
»Über den Zaun? Da hinten?« sagte Maria leise.
»Auf die Bäume …«, zischte Janine, »wir klettern auf die Bäume und warten, bis er weg ist.«
Aber sie alle wussten, dass Burmeester sie sehen würde, sobald sie die Laube verließen. Sie saßen in der Falle.
Was waren sie für ein unprofessioneller Haufen! Warum mussten sie sich dermaßen dämlich anstellen?
Still hockten sie da und warteten. Und dann verstummten die Geräusche plötzlich.
Burmeester blieb stehen!
Warum?
Sie hörten das raschelnde Geräusch von Blättern. In der Luft schwebte ein schwacher Nikotingeruch. Stöberte Burmeester etwa im Buschwerk herum?
Aber dann hörte auch dieses Rascheln auf. Stattdessen ertönte ein tiefer Seufzer.
Haaaaa …
Und noch einmal.
Haaaaa …
Es rasselte, als läge ein Tamburin auf Burmeesters Lungen.
»Charlie«, rief Burmeester nun. »Charlie, bist du da hinten?«
Charlie. Charlie also.
Wer war Charlie? Einer von Herrn Burmeesters Schergen? Ein Verbrecherkollege?
Die Weißen Raben lauschten atemlos.
»Charlie, mein Schatz, ich bin hier, hier bin ich, komm zu mir …«

Mein Schatz.
War das wirklich Burmeester?
Die Stimme da draußen war voller Sehnsucht und Liebe. Sie war tief, aber nicht auf dieselbe Art tief wie die Stimme von Herrn Burmeester.
Sie klang, als würde jemand singen, während er sprach.
»Charlie, ich habe von dir geträumt. Du bist wieder da, hier bei mir. Ich hab dir viel zu erzählen, mein Schatz. Es ist so viel geschehen, seitdem du gegangen bist.«
Das war nicht die Stimme von Burmeester! Maria schob die Laubenzweige zur Seite und trat hinaus in den Garten.

Die Frau, die vor Maria stand, war sehr klein und sehr alt.
In der einen Hand hielt sie eine qualmende Zigarettenspitze, die andere lag auf der Ligusterhecke neben ihr. Sie stand sehr gerade, wie eine Statue, wie eine Ballerina. Ein wilder Kanarienvogel flog über ihrem Kopf.
Die Frau starrte Maria an.
Sie trug flache Männerschuhe aus Leder, und ein schwarzes, flatteriges Seidenkleid, das sich unterhalb ihrer Knie in glitzernde Fäden auflöste. Über dem Kleid hingen eine Strickjacke, ein Bolero, ein Schal … doch all das ließ ihre magere Gestalt kein bisschen größer aussehen.
Das Gesicht der Alten war blass, beinah weiß, eine Landkarte aus Falten, mit einem blutroten, bleistiftdünnen Mund. In den dunklen Höhlen unter ihren Brauen – sie hatte sie womöglich mit Kohle geschminkt – leuchteten hellwache, froschgrüne Augen.
Maria wusste sofort, wer sie war.
Es war die Stummfilmfrau.
Seit Jahren erzählten die Kinder in der Straße Geschichten über sie.
Sie kam aus Schweden …
Sie war ein Stummfilmstar gewesen …
Sie trank Eulen- und Schildkrötenblut, einfach so, zum Vergnügen …

Sie trank auch Säuglingsblut, sagten manche …
Sie war mit dem Erfinder des Telefons verheiratet gewesen …
Eines Tages verschwand der Erfinder des Telefons für immer …
Sie war seit dreißig Jahren nicht mehr aus ihrem Haus gegangen …
Sie war mindestens achtzig und vielleicht sogar hundertzwanzig Jahre alt …
Ihr Name war Klara Nielson.
Niemand hatte sie jemals gesehen.
Sie wussten nur, dass sie in dem kleinen Haus neben der lilienweißen Villa Burmeester wohnte, einem Haus mit grünen Fensterläden und einem Wetterhahn auf dem Dach. Der Garten war ein Urwald aus Unkraut und verwachsenen Bäumen. Nachts brannte bei Klara Nielson nur ein einziges Licht. Früher hatten Maria und Luca versucht, sie mit dem Fernglas vom Dach aus zu beobachten, aber in dem hell erleuchteten Zimmer hatten sie nie einen Menschen gesehen. Sie hörten nur ein merkwürdiges Knistern, ein Scharren, Schnarren, Schaben … Als wohnte ein Geist nebenan.
Doch jetzt stand dieser Geist vor Maria und lächelte seltsam …
»Charlie«, sagte Klara Nielson, »da bist du ja. Wo warst du all die Jahre? Willst du nicht einen Tee mit mir trinken? Ich habe dir viel zu erzählen.«
»Ich bin nicht Charlie«, antwortete Maria unsicher.
Doch Klara Nielson reagierte nicht. Sie ließ ihren Blick träumerisch durch den Garten wandern. Sie schien niemanden dort zu sehen, niemanden außer Charlie. Der Kanarienvogel ließ sich auf ihrer Schulter nieder.
Plötzlich lachte sie auf. Es war ein raues, schepperndes Lachen, fast wie ein Husten.
»Immer noch der Alte«, lachte sie, »immer noch der alte Witzbold. Du bist ein Komiker, Charlie, das bist du wirklich.«
»Aber ich bin nicht …«, beharrte Maria, doch da spürte sie einen ziemlich harten Knuff in ihrer Seite. Neben ihr stand Janine, riss die Augen weit auf und legte einen Finger auf die zusammengepressten Lippen. Auch Luca, Fabian und Bruno waren aus ihrem Versteck ge-

kommen, ohne dass Maria etwas davon bemerkt hatte. Sie standen hinter ihr. Fabian und Bruno sperrten die Münder auf, als hätten sie tatsächlich ein Gespenst vor sich, und Luca war knallrot im Gesicht. Nur Janine war ganz ruhig, als wäre eine verschrumpelte alte Dame, die mehr einem Bonsai-Bäumchen als einem Menschen ähnelte, die normalste Sache auf der Welt.
»Du hast dich kaum verändert«, sagte Janine, »du bist schöner denn je …«
Klara Nielson lächelte und strich sich über das kurze, schwarz gefärbte Haar. Es lag glatt an ihrem Kopf wie eine schimmernde, zweite Haut.
»Ich habe auf dich gewartet«, sagte sie, »ich habe nie aufgehört, auf dich zu warten.«
»Wie geht's denn so?«, fragte Janine leichthin.
»Ich denke immer an dich, Charlie«, antwortete Klara Nielson, »jeden Tag. Du warst lange Zeit nicht da. Ich wusste, bald bin ich bei dir, bald, bald. Hier war alles öd und leer …«
Wieder strich sie sich über das Haar, und ließ ihre Hand schließlich im Nacken ruhen.
»Du hast mir so gefehlt«, sagte sie, »du hast mir so schrecklich gefehlt.«
Janine zuckte mit den Schultern. »Aber ich bin doch wieder da, mein Schatz«
Jetzt war es Bruno, der Janine einen Knuff verpasste. Er starrte sie an, als wäre sie verrückt geworden. Aber Janine zuckte nur mit den Schultern.
Und Klara Nielson schöpfte keinerlei Verdacht. »Du hast mich betrogen, aber ich habe dir verziehen«, sagte sie leise, »wirst du mich wieder betrügen?«
»Nein«, antwortete Janine, »im Leben nie wieder.«
»Wenn du es wieder tust, dann bring ich dich um«, sagte Klara Nielson, »und verscharre dich im Garten. Genau hier.«
Sie lachte wieder auf, so plötzlich, dass sogar Janine zusammenzuckte.

»Die Welt hat sich verändert, Charlie. Sie ist dunkler geworden. Dunkler und rauer. Sie ist eine Wüste, die Welt. Eine schreiende Wüste.«

»Ja«, antwortete Janine, nun etwas unsicher, »tatsächlich ist es ziemlich heiß in letzter Zeit.«

»Nein, nein. Es ist so eine Leere in der Welt. So eine Leere ... Blind rennen die Menschen umher, getrieben, und suchen doch nichts als die Liebe ...«

Klara Nielson verstummte. Sie legte den Kopf in den Nacken und sah in den Himmel. Es fiel ihr schwer zu sprechen.

Eine Weile schwiegen sie.

»Sieh nur den Abend, sieh nur die Schwalben«, singsangte sie, »sieh nur die Welt! Ist sie nicht wunderschön?«

So standen sie da, die Weißen Raben mit der uralten Klara Nielson in Burmeesters Garten, und starrten in den Himmel. Die wenigen Wolken am Himmel leuchteten rostrot. Schwalben flogen in den Dunst des späten Lichts und schickten ihre Schreie in die Luft.

Der Kanarienvogel sang leise und traurig.

Sie alle waren *Charlie.*

Wie seltsam das Leben doch war!

Erst jetzt sahen sie, dass Klara Nielson weinte. In ihren Augen schimmerten grüne Tränen.

»Der Mond hat eine dunkle und eine helle Seite. Ich habe die helle Seite gesehen, wenn die Welt ... einen goldenen Schatten wirft und die Seelen der Menschen leuchten. Ich habe die ... dunkle Seite gesehen ...«

Sie unterdrückte ein Husten und wischte die Tränen fort.

»Etwas Schreckliches ist geschehen, Charlie«, sagte sie, »in einer Nacht, vor vielen Monaten, ist ein schlimmes Unglück geschehen. Der Wind pfiff über das Dach, und die Blätter wirbelten vor dem Fenster. Wie Vögel, weißt du, wie Schwalben im Sommer oder wie Fledermäuse. Tote Blätter, welke Blätter, ach, mein Charlie. Ich kann mich noch so gut daran erinnern. Jemand musste sterben in dieser Nacht, und ich habe es gesehen. In dieser Nacht, im Oktober war es, voriges Jahr. Als das Meer donnerte, als die Regenrinnen ihre Lieder in die Winde summten. Und seitdem das Unglück geschehen ist, kann ich nicht mehr schlafen … Ich liege mit offenen Augen da, ich sehe, ich träume. In meinen Träumen sehe ich die Menschen, zwei Menschen in der Dunkelheit, wie sie über einen Zaun klettern, auf das Grundstück nebenan treten, wie sie die Tür dort öffnen. Ich sehe die Einbrecher im Fenster, vor dem Licht, zwei Schatten. Und dann höre ich den Schrei … jede Nacht … es ist ein schrecklicher, lang gezogener Schrei. Ich höre ihn. Und ich weiß: Er wird niemals aufhören.«

Seltsame Hinweise

Am Ende der Allee lag Klara Nielsons Haus, abseits, windschief, versteckt hinter Kastanienbäumen und Tannen.
Es war krumm und aus Holz, und es verschwand in der Wildnis des Gartens. Wein und Efeu wucherten über die Fenster. Im Vorgarten bewegte der Abendwind eine quietschende Schaukel.
Klara Nielson stemmte sich mit all ihrem Gewicht gegen die Verandatür und pochte gegen das grüne Holz. »Kleine Tür«, sagte sie keuchend, »mach mir auf, Tür, bitte.«
Sehr merkwürdig! Als ob die Tür lebendig wäre, gehorchte sie und gab nach. Eine grüne (so kam es den Weißen Raben vor) Staubwolke erhob sich vom Boden. Erst nach Sekunden sahen sie, was dahinter lag.
Sie betraten einen dämmrigen, großen Raum, der in einem Wintergarten endete. Die alte Frau zog die schweren Samtvorhänge auf und das letzte Tageslicht flutete durch die schmutzigen Fenster. Der Kanarienvogel flog zwitschernd hoch.
»Hallo, Sonne, hallo, Abendhimmel.«
Klara nickte ihnen zu und huschte ohne ein Wort davon. Dann waren sie allein. Sie waren allein in dem fremden, seltsamen Haus der fremden, seltsamen Frau.
Alles war staubig hier, abgenutzt, alt … Es roch nach Weihrauch, nach welken Blumen und nach Parfüm.
Nie im Leben hatten sie so ein eigenartiges und vollgestopftes Zimmer gesehen. So ein eigenartiges und vollgestopftes Leben.
Hier stand ein Terrarium, dort ein Papageienkäfig (ohne Papagei), da ein Mäusekäfig (mit weißen Mäusen). Dann gab es ein altes Klavier, einen Kronleuchter und etwas, das wie ein ausgestopfter Hund aussah. Sechs (lebendige) Hundewelpen schmiegten sich in einem Sessel aneinander. An der Decke flogen Engel und Feen zwischen Zuckerwattewolken. Über der Chaiselongue war ein uralter

Filmprojektor aufgebaut, und die Wände – Luca näherte sich ihnen langsam – waren mit Fotografien tapeziert …
Klara Nielson in den Hügeln von Hollywood.
Klara Nielson im Studio.
Klara Nielson auf der Bühne, singend.
Klara Klara Klara … Hundert Jahre mochte all das her sein.
»So etwas …«, Fabian schob seine Brille den Nasenrücken hoch, »so etwas habe ich noch nie gesehen. Im Leben nicht …«
»Darauf kannst du Gift nehmen, 3 Millionen … äh … Primus«, murmelte Bruno, »ich pack es nicht … ich pack es einfach nicht!«
»Guckt mal!«, Luca berührte eine Fotografie ganz behutsam, »… wie jung sie da war …«
»Und die Schlange da oben!«, rief Maria begeistert.
Tatsächlich … Da oben war eine Schlange. Sie war etwa zwei Meter lang und dunkelgrün. Geisterhaft still glitt sie durch die Staubschicht auf dem Bücherregal. Wie von Zauberhand bewegte sie sich über abgegriffene Bücher und Filmkassetten. Ein Brief flatterte zu Boden.
»Wow … wie eine Königin, die hier auf alles aufpasst«, rief Maria aufgeregt, »was meinst du, Fabian, kann ich sie anfassen?«
»Ich … ich glaube nicht. Das … das ist …« – wie so oft fing Fabian an zu stottern, wenn er mit Maria sprach – »… das ist eine junge Anakonda, eine Amazonas-Schlange. Das sind durchaus interessante Reptilien. Sie … sie gelten als die größten und schwersten Schlangen der Welt! Ich … ich würde sie nicht anfassen. Aber durchaus interessant!«
»Interessant!«, schnaubte Bruno. »Ist das Vieh gefährlich?«
»Oh … nein … höchstens ein winzig kleines bisschen, ich meine … wenn du ihr zu nahe kommst, dann könnte sie dich erwürgen, aber sonst nichts … ich meine … das kommt nicht oft vor.«
»Wie meinst du das? Das kommt nicht oft vor?!«
»Keine Angst. Wenn du sie nicht angreifst, dann tut sie dir nichts.«
»Ich hab keine Angst, verflucht!«

»Dann ist ja alles bestens!« Janine zuckte mit den Schultern und setzte sich auf die Chaiselongue, denn das war der einzige freie Platz im Zimmer. Die Chaiselongue stand genau unter dem Bücherregal, in dem die Schlange zwischen Porzellanfiguren und Nippes umherstrich. Zögernd nahmen Fabian, Maria und Luca neben Janine Platz. Nur Bruno blieb stehen.

Und dann tauchte Klara Nielson wieder auf. Sie bewegte sich wie die Schlange durch das Haus, lautlos, grazil. Als habe sie ihren Besuch vergessen, drückte sie eine Taste auf dem wurmstichigen Klavier, und Musik erklang, schwer und traurig. Klara streichelte die Anakonda, packte sie in der Mitte und am Ende mit beiden Händen, und legte sie sich über die Schultern. »Ach, Mieze, meine Mieze …« Dann setzte sie den Projektor in Gang. Auf der gegenüberliegenden Wand – auf dem einzigen freien Stück Wand im ganzen Zimmer – flimmerte ein Stummfilm.

»Die alten Filme«, erklärte Klara, aber es klang, als würde sie mit sich selbst reden.

Sie ging zu dem Sessel und schob die schlafenden Hündchen mit einer einzigen Handbewegung auf den Boden. »Hallo, Hündchen. Aufgepasst.« Die Welpen purzelten erstaunt durcheinander.

Klara achtete nicht auf sie, sie achtete auch nicht auf den Stummfilm an der Wand, in dem sie selbst, um viele Jahre jünger, auf einem Zirkustrapez schaukelte und verliebt lächelte. Ein Clown stand unter ihr und winkte. »Klara auf dem Trapez«, murmelte Klara heiser, ohne hinzusehen, »schön war sie, aber das ist vorbei. Sie ist alt geworden. Ach ja … die alten Filme. So ein Unsinn.«

Sie ließ sich auf dem Sessel nieder und starrte die Weißen Raben an. Sie saßen da wie verschreckte Hühner.

Klara runzelte die Stirn.

Begriff sie plötzlich, dass da Kinder auf ihrem Sofa hockten? Begriff sie, dass die Weißen Raben nicht *Charlie* waren?

»Wo waren wir stehen geblieben?«, fragte sie. Die Anakonda schmiegte sich um ihren Hals.

Maria räusperte sich. Sie konnte den Blick kaum von der Schlange wenden. »Du … du hast von dem Unglück gesprochen,«

»Ja, das Unglück …«, Klara sah aus dem Fenster, blickte auf die Ostseite von Burmeesters Villa. Das Schlafzimmer, das Bad, das Arbeitszimmer.

»Es war in der schönsten Jahreszeit, wenn das Jahr alt wird und die Natur sich selbst verliert. Golden, golden sind diese Wochen, golden die Erinnerungen …«

»Im Herbst …«, sagte Maria.

Klara Nielson nickte. Sie atmete schwer, und wieder schien ein Tamburin in ihren Lungen zu rasseln.

»Dieses schattige Haus«, sagte sie und betrachtete die Villa der Burmeesters.

»Vor Jahren kamen die Kinder. Ein Junge, ein Mädchen. Sie spielten, im Garten. Du hättest sie sehen sollen, Charlie. Ich dachte immer an uns, wenn ich ihnen zusah.«

Sie sah sie ernst an, beinah bitter. Maria und Luca begriffen, dass von ihnen die Rede war.

»Es waren fröhliche Kinder. Aber das Haus ist vergiftet. Die Kinder gingen verloren an einem Tag voller Regen … Es heißt, ihre Eltern …«

Das Licht verschwand hinter Burmeesters Haus. In der plötzlichen Dämmerung sah die Villa stumpf, fast düster aus. Nirgendwo brannte ein Licht. Wo war Herr Burmeester nun?

»Da drüben«, sagte Klara Nielson, »hat eine Frau ihr Herz verloren. Ihr Mann verließ sie. Verstehst du, Charlie? Er wohnte weiter im Haus, aber er war fort, immer fort. Er hat jemanden kennengelernt, in der glänzenden Pracht der Welt. Seine Frau blieb zurück. Heu … heu … heu …«, sie presste eine Hand auf den Mund, »… heulte die ganze Na- a- a- acht … ich hab ihre Schreie gehört. Ihre Schreie.«

Klaras Körper bebte. Tief aus ihren Lungen kam ein harter Husten. Trocken, klagend. Wie eine sterbende Löwin, dachte Maria.

Klara hustete, hustete …

Und dann verstummte sie wieder.

Doch etwas hatte sich in ihrem Gesicht verändert.
»Hallo, Husten«, murmelte sie traurig.
Sie ging zum Buffet und schüttete sich einen Schnaps ein. Sie steckte eine Zigarette in die Zigarettenspitze und sah Bruno herausfordernd an. Sie lächelte nicht. Bruno hob leicht die Schultern, und dann verstand er. Zögernd strich er ein Streichholz an. Klaras Gesicht leuchtete im Schein der Flamme, die Zigarette glühte auf.
Da hob die Anakonda den Kopf.
»Was … was noch?«, stotterte Bruno. Er zuckte zusammen, als die herunterbrennende Flamme seine Finger berührte. Die Augen der Schlange fixierten ihn, dunkel und grün.
»Sie mag dich …«, sagte Klara Nielson, »nicht wahr, Mieze? Du magst ihn.«
Bruno war bleich wie Papier. Die Schlange löste sich von Klara Nielsons Hals. »Ich glaube«, flüsterte Bruno heiser, »ich glaube, sie mag mich nicht.«
»Sieh, wie sie dich ansieht. Sie mag dich.«
Klara Nielson streckte die Hand aus und berührte Brunos Wange. Die Schlange glitt über ihren dünnen Arm, über Brunos Arm, über seine Schultern und drehte sich um seinen Hals. Bruno wollte noch etwas sagen, aber er klappte nur den Mund auf und zu.
»Ach Charlie. Hab keine Angst. Sie wird dich erkennen. Sie wird dir nichts tun …«
Klara lächelte, aber es war kein freundliches Lächeln. Bruno lief es eiskalt den Rücken hinunter. So grün und boshaft und giftig war dieses Lächeln … Maria, Luca, Bruno, Fabian – sie alle hielten den Atem an. Maria wollte schreien, etwas tun, Bruno helfen … aber sie blieb sitzen, einfach nur sitzen. Sie konnte nicht anders.
»Wir sind traurig«, sagte Klara schließlich, »seit dreißig Jahren sind wir traurig. Mieze und ich und … all die anderen hier. Denn du hast uns verlassen. Du hast uns die Welt gestohlen mit deinem Fortlaufen.«
Ihr Lächeln verschwand. Die Hand auf Brunos Wange. Sie nahm sie gar nicht mehr fort. Und auch die Schlange blieb bei ihm.

»Frau Nielson …«, rief Luca da in die Dunkelheit hinein, »entschuldigen Sie die Störung, aber die Tür war offen. Könnte ich ein Foto von Ihnen machen? Ich bin ein großer, großer Fan von Ihnen«
Klara Nielson sah Luca an und nickte stumm. Maria atmete auf. Guter Luca! Klara befreite Bruno aus den Fängen von Mieze, um sie sich über ihre Schultern zu legen. Dann schlug sie die Augen nieder und Luca fotografierte sie.

Klara legte die Anakonda in das Terrarium und verschloss es.
Sie sagte (sehr sachlich): »Wo waren wir stehen geblieben.«
Brunos Hände zitterten. Es war so dunkel hier. Wo waren seine Freunde? Und wo war er, Bruno? Wo war seine Tapferkeit?
»Das Unglück«, stammelte er, »du wolltest uns … äh … mir von dem Unglück erzählen.«
Klara Nielson blies den Rauch aus. Der Schein des Projektors fiel auf ihre linke Gesichtshälfte. Im Stummfilm lief sie durch einen Tanzsaal, in einem wunderschönen, hellen Seidenkleid. Die Menschen hinter ihr waren nur verwischte Farben. Der Clown aus den ersten Bildern küsste eine fremde Frau. Über die Leinwand flatterte der Schatten von Nielsons Kanarienvogel.
»Irgendwann kamen zwei Fremde. Sie kamen aus dem *Coeur de Lion*«, erzählte Klara leise, »da war das Herz der Frau schon gebrochen. Sie kamen einmal am Tag und einmal in der Nacht … Am Tag gingen sie nur vorbei. Sie dachten, mein Haus wäre verlassen. Sie dachten, ich wäre tot. Sie setzten sich auf die Schaukel in meinem Vorgarten. Sie waren hell und dunkel. Der Dunkle hatte einen Schnurrbart … Sie sprachen über das Unglück … was sie tun wollten. Ich dachte, ich träume wieder …«
Sie hob ihre Hand und presste sie auf die Lippen. Unterdrückte ihr Husten. Sie zitterte.
»Aber ich hab nicht geträumt. In der Nacht kamen sie wieder, brachen in die Villa ein und …«, ihre Stimme war so brüchig, dass die Weißen Raben sie kaum verstanden, »das Unglück … das Unglück geschah … die Frau …«

Sie verstummte. Luca fasste nach Marias Hand. Dachte sie, was er dachte? Klara hatte in der Mordnacht gesehen, dass zwei Menschen in die Villa einbrachen. Wenn das stimmte, hätten sie eine Zeugin, die für die Unschuld ihrer Eltern aussagen konnte.
Zwei Fremde, ein Heller, ein Dunkler mit Schnurrbart …
»Könnten Sie …?«
Auch Marias Stimme war dünn, dünn wie ein Zwirnfaden.
»Könnten Sie die … Männer näher beschreiben …?«
Der Film war vorbei, das Bild wurde schwarz. Der Abspann lief über die Leinwand. Es war nun fast ganz dunkel im Zimmer. Und still: nur das leise Ticken einer Kuckucksuhr und die rasselnden Atemzüge Klaras.
Klara zündete eine Petroleumlampe an und schüttelte den Kopf.
»*Coeur de Lion* …«, murmelte sie, »denkt daran: *Coeur de Lion* … sie sprachen darüber. Sie sagten, sie gingen immer wieder dorthin. Mit *Coeur de Lion* fing alles an, mit *Coeur de Lion* hörte alles auf. Der Anfang, das Ende … Dort werdet ihr sie finden … Sie sprachen darüber …«
Noch während Klara das brennende Streichholz in der Hand hielt, schüttelte sie erneut der Husten.
Es war ein schrecklicher Husten.
Klara Nielson presste die Hand gegen den Mund und versuchte, den Anfall zu unterdrücken. Doch es half nichts. Tränen traten ihr in die Augen. Immer wieder bellte es aus ihr heraus.
Sie lächelte entschuldigend und wedelte mit ihren dünnen Händen durch die Luft, als könnte sie so den Husten verscheuchen.
»Ich mache euch einen Tee«, keuchte sie.
Sie drehte sich um und verschwand aus dem Zimmer. Die Weißen Raben blieben ratlos zurück. Hundert Fragen wirbelten in ihren Köpfen.
Was sollten sie tun?
Sollten sie Klara in Ruhe lassen und das Gespräch an einem anderen Tag fortsetzen oder die Chance nutzen und sie weiter befragen? Mussten sie ihr helfen? Einen Arzt rufen?

Aber würden sie je wieder die Gelegenheit haben, mit Klara über *diese Nacht* zu sprechen? Sie waren an einen Punkt gelangt, der für sie wichtig war. Sie alle spürten: Mit einem Mal hatten sie *das Eigentliche* berührt.

»Euch«, flüsterte Maria. Sie blinzelte, denn Luca machte Fotos. Schlagartig tauchte der Blitz das Zimmer in gespenstisches Licht. »Ich mache *euch* einen Tee! Sie hat *euch* zu uns gesagt. Sie weiß, dass wir nicht *Charlie* sind, sondern mehrere … Sie hat uns erkannt!«

»Na und, Minipli? Ist doch egal. Hauptsache, sie redet.«

»Wir sollten morgen wieder kommen«, sagte Bruno, »sie ist schwach, sie ist alt … wir dürfen sie nicht ausnutzen.«

»Nein, nein, wir müssen weitermachen«, flüsterte Fabian und seine Stimme bebte, »alles andere wäre Verrat. Verrat an unserer Mission.«

»Wir können jetzt nicht gehen«, stimmte Janine zu, »das wäre doch dumm!«

»Dumm?«, zischte Bruno. »Die bricht gleich zusammen. Wir müssen ihr helfen, verdammt!«

»Ich finde, Bruno hat recht«, sagte Luca leise.

Sie schlichen in den Flur. Eine Tür stand offen. Sie hörten Klara Nielson mit Tellern hantieren. Sie hörten ihre Schritte, ihren Husten. Sie hörten ein Radio, brüllend laut aufgedreht. Jemand verlas Nachrichten. Langsam schlichen sie vorwärts. Aus irgendeinem Grund fühlten sie, dass sie leise sein mussten. In diesem Haus war alles anders, es lag abseits der Straße, es lag abseits der Welt …

Der Wasserkessel pfiff, und die Weißen Raben standen in der Tür. Klara Nielson nahm den Kessel vom Herd und sah sie an. Wie ein Reh im Scheinwerferlicht. Es roch nach Gas.

»CDU, SPD, Grüne und Linkspartei, FDP …«, las der Nachrichtensprecher.

Klara Nielson starrte sie an. In ihren Augen war mit einem Mal Angst. Erst ließ sie den Kessel fallen, dann die Untertasse in ihrer Hand. Ihre Haut wurde noch weißer.

Spucke lief aus ihrem Mundwinkel.

»CDUSPDGrüneLinksparteiFDP …«, sagte der Nachrichtensprecher.
Und Klara Nielson sank auf die Knie.
Die Weißen Raben erstarrten. Klaras grüne Augen verdrehten sich, bis nur noch das Weiße zu sehen war. Ihre Hand krallte sich an ihrer Brust fest, griff an ihr Herz. Ein knurrender Laut entwich ihrer Kehle.
Der Kanarienvogel zwitscherte.
Dann fiel sie hin. In die Scherben, die dampfende Pfütze auf dem Boden.

Im Vorgarten

Später am Abend kam Wind auf. Blaulicht flatterte an den Giebeln von Klara Nielsons Häuschen empor. Der Himmel war dunkel und wild.

Die Sanitäter waren schnell gekommen. Sie schafften Klara auf einer Trage aus dem Haus. Sie stellten keine Fragen. Routiniert taten sie ihre Arbeit.

Ein Schwächeanfall. Ganz normal in dem Alter.

So verließen sie das Haus.

Und so lag die Kastanienallee da, still und einsam in der späten Dunkelheit. Nur der Wind lärmte in den Bäumen. Kein Mensch war auf der Straße. Klara verschwand aus der Siedlung wie eine Unsichtbare.

Die Weißen Raben warteten in Klaras Vorgarten, hinter der mächtigen, alten Kastanie. »Wir hätten nicht so viel fragen dürfen«, murmelte Bruno.

»Wir haben nicht viel gefragt. Sie hat von sich aus geredet.«

Die Tür des Notarztwagens fiel krachend ins Schloss. Die Sanitäter sahen sich um. Einer trat seine Zigarette aus.

»Sie wollte reden«, sagte Janine, »sie hat darauf gewartet, dass jemand kommt und ihr zuhört.«

»Nein«, antwortete Bruno, »du hast sie zum Sprechen gezwungen. Mit deinem Charlie!«

»Mit meinem Charlie haben wir einiges aus ihr herausbekommen oder etwa nicht?!«

Bruno antwortete nicht. Alle schwiegen. In einiger Entfernung jaulte ein Hund.

Das Scheinwerferlicht des Notarztwagens erfasste sie für den Bruchteil einer Sekunde.

Dann fuhr der Wagen fort, die Allee mit den gestutzten Kastanienbäumen entlang und verschwand hinter der nächsten Kurve. »So ein

Pech«, brummte Fabian, »warum musste das gerade *jetzt* passieren?« Logischer wäre es doch gewesen, wenn Klara Nielson ihren Schwächeanfall erst *nach* einem ausführlichen und befriedigenden Verhör – möglichst in Anwesenheit der Polizei – gehabt hätte.
»Sei still«, zischte Maria, »die alte Frau stirbt womöglich und du … du denkst so was.«
Doch auch sie hätte lieber alles von Klara erfahren.
Mit ihrem Hinweis auf zwei Männer, einen Hellen und einen Dunklen, groß, stark … konnten sie eigentlich gar nichts anfangen. Und *Coeur de Lion* … was hatte das zu bedeuten?
Und dennoch – etwas hatte sich verändert. Nicht ihre Eltern waren in jener Nacht bei Burmeester eingebrochen. Zwei Männer, zwei Menschen, hell und dunkel, hatten das getan. Dummerweise konnten sie gar nichts beweisen …
Maria und Luca sahen sich an.
»Wir müssen eben weitersuchen«, sagte Luca.
Maria nickte, den Blick abgewandt. Und dann flüsterte sie plötzlich: »Guckt mal. Das ist die Richterin.«
Tatsächlich. Über die Straße ging die zimtfarbene Richterin, in einem roten Sommermantel: wie eine Erscheinung, im schwachen Gaslicht, eine Figur aus einer anderen Zeit. Sie hielt einen Regenschirm, obwohl es nicht regnete, ihr Mantel war fest geschnürt, sie trug eine Sonnenbrille, trotz der Dunkelheit, und sie war tief in ihren Gedanken versunken. Tak … tak … machte der Schirm auf dem Asphalt. Ein dunkler Hund folgte ihr.
Unter einer Laterne blieb die Richterin stehen und wandte sich um: als hätte ihr jemand ins Ohr geflüstert, dass sie hier warteten. Sie blickte sie lange an, ohne ein Wort, die Augen hinter der dunklen Brille versteckt. Bis sie endlich begriff, wen sie dort sah.
Der Hund bellte nicht.
»Maria … Luca …«, sagte Annalena Pfeiffer leise, überrascht, »was macht ihr hier?«
Etwas zog sich in Maria zusammen beim Klang dieser Stimme. Die Richterin klang so freundlich, so vertraut. Sie rief aus einer ver-

schwundenen Welt in ihre Gegenwart hinein. Es tat weh, von dieser Welt zu hören.
»Wir haben gespielt«, murmelte Maria, »… ist spät geworden.«
Die Richterin lachte leise. Sie strich die Brille auf die Stirn, ging einen Schritt auf Maria zu und schaute sie sanft an. »Ich führ meinen Hund aus, ich wohne hier in der Gegend. Gleich in der nächsten Straße.« Sie zeigte in die Dunkelheit hinein. »Da wohnt auch meine gute Freundin … Almut Gräfin von Duprée! Ich gehe oft mit ihr spazieren. Auch sie hat einen Hund.« Tatsächlich tauchte eine Frau aus der Finsternis auf, klein, schmal, mit hellblondem Haar. Sie sah überhaupt nicht wie eine Gräfin aus, mehr wie eine Fitnesstrainerin. Auf ihrem Trägerhemd stand in silbernen Buchstaben *New York*. Sie trug einen Chihuahua auf dem Arm und lächelte unsicher. Irgendwie wirkte sie verschreckt, diese Almut Gräfin von Duprée. Die Richterin nickte ihr zu, sah dann Maria an, zögerte, ehe sie sagte: »Wenn ihr mögt, könnt ihr mich mal besuchen kommen. Mein Apfelkuchen ist gar nicht so übel. Ja, kommt mich doch besuchen … am Wochenende bin ich meistens zu Hause …«
Maria und Luca nickten. Sie konnten nur nicken, mehr nicht.
Was hätten sie auch sagen sollen? Sie würden niemals zu der Richterin gehen, um Kuchen zu essen. Das war unmöglich für sie.
»Ich geh dann mal«, sagte Annalena Pfeffer noch, und jetzt sprach sie so leise, dass die Kinder ihre Worte kaum noch verstanden. »Komm, Brutus«, sagte sie zu ihrem Hund und verschwand, einem Gespenst gleich, in der Dunkelheit. Almut folgte ihr.
Lange war es still. Der Wind tönte in den Bäumen. Sie sprachen nicht.
»Gehen wir zurück in die Laube«, sagte Janine schließlich, »wir haben genug gehört und genug gesehen für heute. Wie spät mag es sein?«
»Es ist viertel vor eins!«
Viertel vor eins.
Die Stimme kam aus der Dunkelheit. Kalt wie Metall.

Maria hob die Hand an den Mund und unterdrückte einen Schrei. Fabian, Janine, Luca und Bruno wirbelten herum.
Hinter ihnen, im Schatten der Kastanie, stand …
Herr Burmeester!
Er lehnte am Zaun seines eigenen Gartens und rauchte, musterte sie. Sie wussten nicht, wie lang er schon dort war.
Er sah seltsam aus. Sein Haar stand wild vom Kopf ab, und das Hemd unter dem Mantel war zerknittert. Als hätte er sich geprügelt. Er trat aus dem Schatten und baute sich vor ihnen auf. Im Schein der Laterne sah er blasser aus als sonst, auch seine Augen wirkten heller.
»Schön, euch zu sehen«, sagte er scharf.
Maria vergrub ihre Fäuste in den Taschen. Ihre Hände zitterten fürchterlich. Und auch Luca rückte näher an sie heran. Sie sahen sich fassungslos an.
»In so einer dunklen Nacht solltet ihr nicht hier draußen sein«, sagte Burmeester mit einem merkwürdigen, gequälten Lächeln, »es ist nicht ganz ungefährlich.«
»Wir … wir wollten gerade gehen …«, stammelte Luca nervös.
»Ihr wolltet gerade gehen?« Burmeester hob die Augenbrauen. »Dürfte ich denn erfahren, wo ihr gewesen seid? Ich habe zwei Stunden mit dem Abendbrot auf euch gewartet.«
»Wir … wir waren …«, begann Maria, doch sie verstummte, weil sie keine Ahnung hatte, was sie Burmeester erzählen sollte. Er durfte nicht wissen, dass sie bei Klara gewesen waren. Er durfte nichts von ihren Nachforschungen wissen. Niemand durfte es wissen.
»Ja?«, fragte Burmeester.
»Es ist so«, erklärte Fabian plötzlich munter, »wir führen hier ein Biologieprojekt durch, für die Schule: ›Das Verhalten von Zikaden bei Nacht.‹ Sehr interessant, dieses Verhalten, geradezu merkwürdig. Wussten Sie zum Beispiel, dass man die Zikaden als Insekten zu den Schnabelkerfen beziehungsweise zu den Hemiptera zählt? Das weiß fast niemand!«
Bruno stöhnte leise und Janine musste ein Kichern unterdrücken. Burmeester antwortete nicht sofort.

Er musterte Fabian nur. Und unter diesem Blick fing Fabian an zu schwitzen.
»Na, das war ja wohl gelogen«, sagte Burmeester endlich, »oder möchtest du, dass ich morgen bei Direktorin Maedecker anrufe und mich nach eurem Stoff in Biologie erkundige? Aber, da fällt mir was ein! Ich könnte sie auch jetzt anrufen. Sie wird nicht begeistert sein, denn wie ich Frau Direktorin Maedecker kenne, liegt sie schon seit Längerem in den Federn. Magst du denn deine Direktorin?«
Fabian wurde bleich. »Nein … ich meine ja, ja«, brachte er mühsam hervor, »ich mag sie, sehr gerne sogar, und darum rufen Sie besser nicht an, bitte. Nicht nötig, lassen Sie die Dame doch einfach schlafen …«
Burmeester nickte und steckte sein Handy weg. »So, und jetzt heraus mit der Sprache. Was habt ihr hier getrieben? Mich würde zum Beispiel interessieren, *wen* ihr *wie* zum Sprechen gebracht habt und was es mit den *vielen Fragen* auf sich hat. Und mit *Charlie*?«
Für einen Moment war es still zwischen ihnen. Burmeester hatte also alles gehört … vielleicht hatte er sogar gesehen, dass sie bei Frau Nielson gewesen waren, vielleicht hatte er ihr Gespräch belauscht. Er hatte gewartet, bis die Richterin fort war, um sich dann auf sie zu stürzen.
Er hatte sie ertappt.
Ausgerechnet er, Burmeester, hatte sie ertappt. Auf frischer Tat sozusagen.
»Sie haben kein Recht zu erfahren, wo wir waren!«, stieß Bruno wütend hervor. »Sie sind nicht unser Vater oder unser Onkel oder sonst jemand! Was wir hier tun, ist unsere Sache!«
»Nein, das ist es nicht«, entgegnete Burmeester ruhig, »denn ich bin für Maria und Luca verantwortlich. Ich könnte ihren Eltern nicht mehr unter die Augen treten, wenn ihnen etwas passierte.«
»Ach, deren Eltern! Was interessiert es Sie, wie die sich fühlen! *Sie* haben sie doch ins Gefängnis gebracht!«, platzte es aus Bruno heraus. Er atmete heftig aus, und sah plötzlich sehr klein aus. Sein linkes Auge zuckte.

Burmeester zog an seiner Zigarette.
»Ich habe sie nicht ins Gefängnis gebracht«, sagte er.
»Ach nein?! Und wer hat sie angezeigt? Wer hatte den besseren, teureren Anwalt? Wer hat ihnen das Verbrechen in die ...«
»Hörst du nicht zu, Junge?! Ich habe sie nicht ins Gefängnis gebracht!«
Zum ersten Mal war Burmeesters Stimme lauter geworden. Er starrte Bruno an. Janine zupfte an Brunos Jackenärmel und murmelte tonlos seinen Namen, immer wieder.
Finster schlug Bruno die Augen nieder. Er war den Tränen nahe.
»Herr Burmeester ...«, sagte Maria, und ihre Stimme klang fremd, klein. Lächerlich klein. »Wir waren bei Klara Nielson. Sie hat uns zu sich eingeladen. Sie dachte, wir wären jemand anderes. Ein gewisser *Charlie*. Und dann hat sie uns, beziehungsweise diesem Charlie, erzählt, dass sie in der Nacht, in der ... in der Ihre Frau ums Leben kam, zwei Männer gesehen hat, die bei Ihnen eingebrochen sind. Zwei Männer!«
Maria sah auf und blickte Burmeester fest an. Sah ihm unverwandt in seine schneekönigblauen Augen. Burmeester trat einen Schritt zur Seite, um Klara Nielsons Häuschen zu betrachten, und dann sagte er (und seine Stimme klang schon viel freundlicher): »Ihr habt doch hoffentlich nicht geglaubt, was sie gesagt hat?«
Sie antworteten nicht. Wahrscheinlich hielt er Klara für sonderbar oder durchgeknallt. Sie wollten es nicht wissen. Sie hatten verloren. Aber Burmeester hatte offensichtlich große Lust, ihnen alles auf die Nase zu binden.
»Sie ist eine sehr, sehr alte Frau, sehr, sehr schrullig, und sie redet seltsames Zeug. Das müsst ihr wissen. Wenn sie euch also irgendetwas erzählt hat, dann dürft ihr sie nicht ernst nehmen. Versteht ihr?«
Etwas zerriss in Luca bei diesen Worten. Wut schoss in ihm hoch. Was sie gehört hatten ... das sollte nicht wahr sein? Hirngespinste einer verrückten, alten Hexe? Warum konnte man sich nicht *einmal* über etwas Schönes, Hoffnungsvolles freuen? Warum ging alles gleich wieder zum Teufel?

Er blickte Maria an und versuchte in ihrem Gesicht zu lesen, was sie dachte.
Aber Marias Gesicht war eine Maske. Sie zuckte nur mit den Schultern und nickte und sah Burmeester hochnäsig an.
»Ich will nicht, dass ihr enttäuscht werdet«, erklärte Burmeester sanft.
Vielen Dank auch!
»Und was das andere angeht ... finde ich es nicht gut, wenn ihr – nun ja – wenn ihr Nachforschungen anstellt. Ich glaube nicht, dass euch das guttut. Ich werde noch einmal mit Frau Maedecker reden. Ich sehe sie morgen. Ich werde ihr nichts von unserem nächtlichen Treffen hier erzählen, aber ich halte es für besser, wenn ihr von nun an am Wochenende im Internat bleibt und ...«
»Nein! Das ist ...«, rief Maria, aber Burmeester ließ sie nicht ausreden.
»Das ist nur zu eurem Besten. Ich will nicht, dass ihr euch in Gefahr begebt, und das hier war gefährlich! Es hätte auf jeden Fall gefährlich werden können. Ich werde mit Frau Maedecker besprechen, dass sie ein Auge auf euch hat. Keine Nachmittage im Baumhaus, keine nächtlichen Ausflüge und vor allen Dingen: keine Ermittlungen in dieser Sache! Für Ermittlungen ist die Polizei zuständig, und für Urteile sind die Gerichte zuständig, so ist das nun einmal, so schmerzhaft es für euch sein mag. Es tut mir leid.«

Frau Mähdrescher und das Theater

Der Frederikenwald träumte in der Sommersonne. Alles blühte und duftete. Die Tannennadeln, die Kiefern, die wilden Rosen … alles roch warm und gut und nach Sommer.

Die Weißen Raben saßen in einem Kreis auf dem Holzboden des *Nicht Mehr Ganz So Geheimen Großen Hauptquartiers* und aßen Blaubeeren aus einem roten Plastikeimer. Sie kauten und mampften, aber sie dachten nicht an die Beeren.

Die letzten beiden Wochen waren schlimm für sie gewesen. So gut wie nie hatten sie es geschafft, sich hier im Baumhaus zu treffen. Denn Frau Mähdrescher überwachte sie, wo sie nur konnte. Wenn die Weißen Raben alle Haus-, Zusatz- und Extraaufgaben erledigt hatten und sich heimlich davonstehlen wollten, dann dröhnte es schon über den Flur: »Fabian Alberts!« … »Maria und Luca Brunetto!« … »Janine Seminovic!« … »Bruno Römer!« … »IN EURE ZIMMER! ABER SCHNELL!«

Ihre Namen waren zu Pfeilen geworden, die Frau Mähdrescher überall – auf der Treppe, im Flur, auf dem Hof – abschoss. Die Direktorin von *Hof Kranenbeck* war allgegenwärtig.

»Als säße ihr der Teufel höchstpersönlich im Nacken«, murmelte Bruno manchmal, »so unentspannt ist die Alte.«

Und nicht nur das. Bierchen und auch die anderen Lehrer, sogar die Schüler schienen auf sie angesetzt zu sein. Einmal begegneten Bruno und Janine Mika von Treptow unten in der Eingangshalle, der breit grinsend zu ihnen sagte: »Zurück in die Zimmer, Herrschaften. Keine Detektivarbeit mehr. Die Eltern Brunetto bleiben im Gefängnis.« Noch ehe Bruno etwas erwidern konnte, zog Janine ihn weiter und zischte ihm eindringlich zu, er solle sich zusammenreißen (sonst käme »alles nur noch dicker«), und Maria und Luca dürfe er auf keinen Fall etwas von dieser Begegnung erzählen.

»Immer im Zimmer sitzen und lernen, lernen, lernen – was anderes dürfen wir nicht!«, schimpfte Maria an ihrem Besuchstag im Gefängnis, als ihre Mutter sie mit einem traurigen Lächeln fragte, was es Neues gebe. »Dass wir donnerstags hierhin kommen dürfen, das ist schon alles! Am liebsten würde sie uns den ganzen Tag einsperren!«

Aber ihre Eltern hatten seltsamerweise Verständnis dafür.

»Sie passen gut auf euch auf«, sagte Marias Mutter und lächelte erst Maria, dann Luca an, der stumm neben Maria saß und zuhörte, »da bin ich froh!«

Und ihr Vater sagte tatsächlich: »Ihr solltet brav sein und auf sie hören. Das ist eine gute Ausbildung, die ihr da bekommt. Und seid nett zu Herrn Burmeester. Wir können ihm gar nicht dankbar genug sein!«

Was für ein Unsinn!

Doch sie trauten sich nicht, ihnen zu widersprechen. In den Augen der Eltern hatte sich eine so große Traurigkeit eingenistet, dass Maria und Luca sich wünschten, sie hätten den Mund gehalten und gar nichts von ihren Problemen erzählt.

»Wir müssen sie ganz schnell da rausholen!«, sagte Janine, als Maria und Luca niedergeschlagen aus dem Gefängnis zurückkamen. Sie ging zu ihrer Schreibtischschublade, um die Geschwister mit Nussecken und Schokolade zu versorgen, zur Aufhellung ihrer Stimmung. Aber weder Maria noch Luca hatten Appetit auf etwas Süßes.

Und dann war plötzlich alles anders.

An diesem schönen, sonnigen Freitagnachmittag verschwand Frau Mähdrescher nämlich.

Die Lehrer waren auf ihren Zimmern, viele Internatsschüler lernten in der Bibliothek für die Prüfungen, und Mika von Treptow schoss mit seiner Bande hinter dem Sportplatz mit einer Schleuder auf Vögel. Bierchen, der Kunstlehrer und Bibliothekar, schwankte quer über den Platz und sprach mit den Sirenen seiner süßen, berauschten Träume.

Am Abend würden die meisten Eltern ihre Kinder abholen. Es war still und friedlich auf dem Hof von *Kranenbeck.*
Nur eine kleine Abweichung gab es von dem, was normal war: Frau Mähdrescher war verschwunden. Wie vom Erdboden verschluckt. Sehr mysteriös, aber den Weißen Raben sollte es recht sein.
Sie flitzten die Treppen hinunter und überquerten den gepflasterten Hof …
Sie spürten die warme Sonne und jubilierten stumm. Sie rannten an den steinernen Löwen vorbei, die das Tor von *Hof Kranenbeck* bewachten. Über den Schotterweg und hinein in den Frederikenwald. Niemand rief sie zurück!
Luca drehte sich noch einmal um, bevor er in den Wald lief. Und da entdeckte er ihn …
Wäre ja auch zu schön gewesen! Die Welt steckte voller Komplikationen.
Filius Kasimir stand vor dem Hauptportal und starrte Luca an. In kurzen Hosen, das Bein angewinkelt, die Knie verdreckt, mit düsteren Augen. Er sah aus wie ein Straßenkind, ganz anders als sonst, irgendwie *losgelassen.* Trotzdem konnte er jeden Augenblick nach seiner Mutter rufen.
Alarm! Meuterei! Rebellion! Flucht!
Doch Kasimir blieb stumm und reglos.
Luca holte tief Luft. Er legte den Zeigefinger auf die Lippen, lächelte bittend, fast demütig.
Kasimir reagierte nicht. Er nickte nicht, er schüttelte nicht den Kopf. Aber er stieß auch keinen Schrei aus.
»Danke«, flüsterte Luca. Dann drehte er sich um und rannte den anderen hinterher, hinein in den Frederikenwald.

»*Coeur de Lion*!«, rief Maria im *Nicht Mehr Ganz So Geheimen Großen Hauptquartier*, und schlug sich mit der Faust in die Hand. »Wir *müssen* dorthin! Wir müssen diese Verbrecher schnappen!«
»Und wie, Minipli?«, fragte Janine und warf einen Blick auf Marias Notizblock: »1274 € kostet alleine die Fahrt! Ein Mal Südfrankreich

und zurück! Und dort? Was ist dort? Die Mörder werden uns nicht am Bahnhof erwarten und sagen: ›Schönen Tag auch, wir waren's, nichts für ungut, Leute!‹« Janine zuckte mit den Schultern und wandte sich wieder ihrem Sudoku-Rätsel zu.

»Außerdem sind wir dann nicht in der Schule«, gab Fabian zu bedenken: »Du weißt, Frau Mähdrescher …«

»Ach, pfeif auf die Schule! Pfeif auf die Mähdrescher, Drei-Millionen-Streber!« Bruno musste Fabian ärgern, weil er sich selbst ärgerte. Aber Fabian achtete gar nicht auf ihn.

»Ich hab was gespart … aber nur … 400 €«, murmelte er.

»Südfrankreich, *Coeur de Lion*!«, überlegte Maria. »*Coeur de Lion* …« Plötzlich fiel ihr etwas ein: »Vielleicht ist *Coeur de Lion* gar nicht diese Stadt in Südfrankreich. Vielleicht hat Klara Nielson etwas anderes gemeint…« Sie schnippte mit den Fingern und schüttelte den Kopf, »… ich kenne diesen Namen von irgendwoher …« Sie überlegte verzweifelt. Wo hatte sie diese drei Worte schon einmal gehört? Wo? Wo? Warum fiel es ihr nicht ein!?

»Vielleicht meinst du den Löwenkäfig im Zoo! Oder die belgischen Pralinen!«, Bruno gluckste. »Finde die Halunken in deiner Schokolade!«

»Nein, nein! Hör auf, dich lustig zu machen!«

»Wisst ihr, manchmal glaube ich, Klara hatte einfach Lust, ein bisschen Blödsinn zu erzählen …«

»Aber wir müssen sie ernst nehmen. Was ist, wenn …«

So ging es hin und her. »Burmeester!« … »Geld!« … »Mähdrescher!« … »Wartet doch mal!« … »*Coeur de Lion*!«. Maria schüttelte unruhig den Kopf. Was hatte Klara gesagt? »Mit *Coeur de Lion* fing alles an, mit *Coeur de Lion* hörte alles auf. Der Anfang, das Ende …« Was hatte das zu bedeuten?

Auch Luca blieb still. Ihm kam dieses *Coeur de Lion* genau so bekannt vor wie Maria … Die Bedeutung lag ihm auf der Zunge: Als wäre sie tief in seinem Gedächtnis versteckt! Er grübelte und grübelte … und merkte dabei gar nicht, wie auch die anderen verstummten. Es wurde still im Baumhaus. Alle schwiegen und mampften

Blaubeeren (denn Blaubeerenmampfen war immer noch besser als Nichtstun). Nur Janine löste weiter das Sudoku-Rätsel.

So saßen sie da.

Bis eine schrille Stimme, acht Meter unter ihnen, das Schweigen beendete.

»Maaariaaaa ... Faaabiaaan ... Bruuuunoooo ...«

Luca schüttelte den Kopf. Kein Zweifel. Da unten stand Filius Kasimir.

»Verflucht«, zischte Bruno, »was macht der denn hier?«

»Sei still«, flüsterte Janine, »wir tun so, als wären wir nicht da!«

»Ich weiß, dass ihr da oooo- beeen seiiiid ...«, quäkte es erneut herauf, »... ich hab euch geseee – heeen ...«

»Der Pfaffentölpel ist uns gefolgt!«, fluchte Bruno leise.

»Hilft nichts«, murmelte Fabian, »verdammt! Dann ist die Mähdrescher nicht weit!«

Luca sagte nichts. Und auch Maria schwieg: Sie knabberte nachdenklich an ihrem Daumen. Klaras Worte spukten in ihrem Kopf herum. »*Coeur de Lion* ... sie sprachen darüber. Sie sagten, sie gingen immer wieder dorthin. Der Anfang, das Ende ... Dort werdet ihr sie finden ...« Dort werdet ihr sie finden. *Dort werdet ihr sie finden!*

Bruno stand auf und trat ans Fenster. Acht Meter unter ihm strich Filius Kasimir um den Ahornbaum und betrachtete die Rinde, als gäbe es nichts Interessanteres auf der Welt. Von oben wirkte Kasimir noch dünner, kleiner und kränklicher als gewöhnlich. Aber Frau Mähdrescher war nirgends zu sehen.

»He, Kasimir«, rief Bruno, »wir haben zu tun. Geh heim zu Mama! Sie macht sich bestimmt schon Sorgen!«

»Ist das nicht ein herrlicher Tag?«, kreischte Kasimir. Als hätte er Bruno gar nicht gehört! »Was treibt ihr denn so?«

»Wir sinnieren, tirilieren, kampieren und dividieren ...«, rief Bruno, »das Übliche, Kasi, das Übliche ...«

»Tja, ich auch ...«, kam es von unten, »... ich mache auch nichts Besonderes. Häng nur so rum.«

»Mann, Kasi, das ist ja unglaublich interessant«, rief Bruno. »Vielen

Dank, dass du uns besucht hast. Und jetzt gehst du nach Hause und guckst deine Comics. Okay?«
Aber Kasimir schien wieder nicht hinzuhören.
»Kann ich mal hochkommen? Nur einmal?«, rief er, ohne aufzuschauen: »Meine Mutter weiß nicht, dass ich hier bin, ehrlich nicht! Sie macht sich fein. Sie geht heute ins Theater mit Bierchen. Sie steht seit ’ner Stunde vorm Spiegel und riecht wie n’ Parfümsalon.«
»Sie geht heute ins Theater mit Bierchen!« Bruno drehte sich um und grinste seine Freunde breit an.
»Dann haben wir ja den ganzen Abend für uns!«, flüsterte Janine entzückt und legte ihr Sudoku-Rätsel zur Seite.
»Und vielleicht auch noch den Morgen«, setzte Fabian hinzu: »Wenn es spät wird, meine ich …«
Ja – das hatten sie. Ein ganzer Abend und ein ganzer Morgen: Das war wunderbar viel Zeit. Aber unter ihnen stand einer, der dabei sein wollte. Und dieser Jemand konnte ganz schön hartnäckig sein.
»Was macht ihr denn da ooooobeeeeen?!«
»Geh besser nach Hause, Kasimir«, rief Bruno, »wir langweilen uns hier nur.«
»Ich langweile mich auch! Ich bin der König der Langeweiler … äh … im Langweilen. Und meine Mutter macht sich fein fürs Theater! Sie hängt sich ein Dutzend falscher Klunker um den Hals, damit es aussieht, als wäre sie steinreich! Puh! So ein Blödsinn! Sie will jetzt *jeden Freitag* mit Bierchen ins Theater, sie sagt, ich bin alt genug, um allein zu bleiben. Sie pfeift auf ihre mütterlichen und beruflichen Pflichten, sie sagt: Immer nur Arbeit, Arbeit, Arbeit, das geht ihr auf die Nerven: Sie ist verrückt geworden. Und alles nur … nur, weil sie sich um ihre kul… kulturelle Bildung kümmern will!«
Das alles sprudelte in beeindruckender Geschwindigkeit aus Kasimir heraus.
Janine lachte auf: »Jeden Freitag! Habt ihr gehört? Sie will jetzt *jeden Freitag* ins Theater gehen!«
»Was für ein unsagbar großes Glück«, murmelte Bruno ehrfürchtig, »als wollte sie uns helfen … die gute Mähdrescher … und …«

»Ich hab's!«, rief da, ganz plötzlich, Maria. Sie klatschte lachend in die Hände. »Ich hab's!«, rief sie noch einmal und sah ihren Bruder an, der es offenbar auch *hatte*, ganz offensichtlich. »Natürlich«, sagte er und schlug sich gegen die Stirn.
»Was ist denn?«, fragte Janine, und von unten brüllte es wieder: »He! Ihr da! Kann ich mal hochkommen?«
»Falsche Klunker!«, gluckste Maria: »… steinreich …«
»Ja«, grinste Luca, »sie macht sich *fein fürs Theater*! *Fein fürs Theater*!«
Mit einem Satz war Maria bei der Falltür des Hauptquartiers und öffnete sie. Unter ihr stand Kasimir und starrte sie erstaunt an. Maria warf die Strickleiter durch die Falltür. »Komm hoch, Kasimir!«, rief sie munter: »… *Coeur de Lion* … Du hast uns geholfen!«
Während Kasimir kreidebleich und zitternd zu ihnen hochkletterte (er war nicht schwindelfrei), lief Maria im Hauptquartier von einer Ecke zur anderen.
»*Coeur de Lion* – ich wusste es! *Coeur de Lion* ist ein Club! Hier, vor unserer Haustür, direkt nebenan! Da treffen sich *steinreiche* Menschen!«
»Und weil Kasimir gesagt hat, dass die Mähdrescher sich fein macht, um steinreich auszusehen«, erklärte Luca lächelnd, »wussten wir plötzlich, was Klara Nielson gemeint hat.«
»Ja!«, Maria nickte eifrig. »Wir haben bei uns nie von *Coeur de Lion* gesprochen, sondern vom *Club der Steinreichen*. Burmeester ist ja auch dorthin gegangen. Kein Treffen hat er ausgelassen, er ist irgend so ein Vorsitzender da. Er ist immer mit seiner Frau hin und dann irgendwann nur noch allein – das ist die *glänzende Pracht der Welt*, versteht ihr? Hier hat sich Burmeester in eine andere verliebt, hier haben sich die Mörder seiner Frau zum ersten Mal getroffen, hier war der *Anfang*, der zu Cecilia Burmeesters *Ende* wurde und hier …«
»Da bin ich, Leute!«
Kasimir kletterte durch die Falltür in das *Nicht Mehr Ganz So Geheime Große Hauptquartier* und klatschte in die Hände. Er triefte

vor Schweiß, tat aber ganz lässig. »Was steht an, was kann ich tun?«
Maria lächelte und nickte zufrieden.
»Du wirst uns helfen, Kasimir«, sagte sie feierlich, »eine ehrenvolle Aufgabe wartet auf dich! Wenn du sie ruhmreich bestehst, dann wirst du e-ven-tu-ell Mitglied der glorreichen Gemeinschaft der Weißen Raben. Du weißt doch, was für eine glorreiche Gemeinschaft das ist? So, und jetzt zeige ich dir erst mal unser Hauptquartier! Möchtest du eine Blaubeere?«

»Erklärt mir noch einmal, wozu das gut sein soll.«
Zwei Freitage später stand Kasimir im leeren Direktorinnenzimmer auf einem Stuhl. Er trug einen Anzug, der ihm zu groß war, und Janine band ihm eine Krawatte. Es war ein schöner, linder Sommerabend. Der Tag war heiß und schwül gewesen, doch jetzt, gegen Abend, wurde die Luft kühler. Draußen dämmerte es bereits, das Fenster zum Hof war geöffnet, die Zikaden zirpten, und die Vögel zwitscherten im Zwielicht ihr letztes Lied. Aus der Ferne hörten die Weißen Raben Geschirrgeklapper und Stimmengewirr: In der Kantine saßen noch Schüler zusammen mit Lehrern beim Abendbrot. Frau Mähdrescher war, wie erhofft, mit Bierchen ins Theater gegangen.
»Ich weiß, *was* ich tun soll. Aber wozu soll das gut sein?!«
Kasimirs Stimme klang ziemlich beleidigt.
»Recherche, Kasi, Recherche …«, murmelte Janine und zog Kasimirs Krawattenknoten fest: »Das haben wir dir doch erklärt …«
»Recherche? Was ist das?«
»Eine Recherche ist eine Untersuchung. Und wir untersuchen das ›Verhalten erwachsener Männer mit dunklen Pigmenten‹ und das ›Verhalten erwachsener Männer mit hellen Pigmenten‹. Mit deinen Beobachtungen wirst du Großes leisten für die Wissenschaft«, sagte Fabian. Er saß in einem großen Ohrensessel, die bestrumpften Füße auf Mähdreschers Schreibtisch zwischen Briefbeschwerer und Tintenfass, und untersuchte einen wertvollen Füllfederhalter der Direktorin.

Kasimir blieb skeptisch. »*Verhalten erwachsener Männer mit dunklen Pigmenten*! Von so einer Recherche hab ich noch nie was gehört! He, das darfst du nicht. Lass das!«, rief er, als er bemerkte, wie Janine an dem Zahlenschloss von Mähdreschers Tresor herumspielte.

»Das sind die Experimente der Zukunft«, antwortete Fabian und stand auf, Mähdreschers Füller zwischen den Fingern wie eine Zigarre. Kurz lächelte er Maria an und deutete dann mit dem Füller auf Kasimir: »Die Experimente der Zukunft, mein junger Freund!«

Allmählich verstand Kasimir gar nichts mehr. Er schlug die Augen nieder. Sollten sie mit ihm machen, was sie wollten! Er wollte zu ihnen gehören, eine glorreiche Weiße Krähe werden ... oder wie sie das nannten. Mehr verlangte er nicht.

Hinter seinem Rücken warfen sich Maria und Luca einen Blick zu, und Luca sah, dass Maria dasselbe dachte wie er. Bisher hatten sie Kasimir noch nichts Konkretes von seiner *wirklichen* Aufgabe im *Coeur de Lion* erzählt, im Gegenteil: Sie hatten sich davor gedrückt. Aber es war falsch – und gemein –, Kasimir an der Nase herumzuführen. Es wurde Zeit, ihm die Wahrheit zu sagen, zumindest einen Teil davon ...

»Pass mal auf, Kasimir«, Maria zupfte an seinem Anzug herum. »Es geht darum, dass wir zwei Männer im Club *Coeur de Lion* suchen. Du weißt doch, im alten Festspielhaus hinter der Stadt, bei den Klippen, da trifft sich dieser *Coeur de Lion* heute ... Und unter den reichen Leuten – die da fein essen und fein trinken und am Ende des Abends, wenn alle recht lustig sind, für die Dritte Welt und so weiter spenden, also, unter diesen reichen Leuten suchen wir zwei Männer!«

Kasimir runzelte die Stirn: »Schon klar«, murmelte er. »Das habt ihr mir jetzt schon drei Mal erzählt!«

Maria nickte. Es war jetzt ganz still in Mähdreschers Büro. Alle sahen Maria und Kasimir an. »Wir suchen zwei Mörder in diesem Club«, sagte Maria, »dieser helle und dieser dunkle Mann, das sind Mörder. Verstehst du?« Sie räusperte sich und nahm Kasimirs Hände in ihre Hände und sah ihn eindringlich an: »Ich würde es ja selbst machen … selbst hingehen, um die Mörder zu suchen. Aber ich kann nicht, und auch Luca kann nicht. Wir alle, auch Bruno, Janine und Fabian, kennen *jemanden* dort. Und dieser *Jemand* – nämlich Richard Burmeester – würde uns auf der Stelle fortschicken! Deswegen musst du es tun.«

Kasimir starrte Maria an. Seine Unterlippe zitterte.

»Soll … soll das heißen … ich soll die Mörder … fangen …?«

»Nein, natürlich nicht«, sagte Maria gedehnt. »Du hältst nur Ausschau nach ihnen. Pass auf. Fabian weiß den perfekten Geheimeingang in das Festspielhaus: Das Klofenster der Dienstbotentoilette. Da passt du locker durch. Und wenn du erst mal drin bist, mischst du dich unter die Leute, tust, als wärest du ein Unterkellner oder so, dann bemerkt dich echt niemand. Und solltest du die Männer entdecken, den Dunklen und den Hellen, dann sagst du uns Bescheid, denn wir verkabeln dich mit diesem Ding.« Maria hielt Kasimir ein Abhörgerät unter die Nase, das Fabian – bei einem Detektiv, der mit seinen Eltern befreundet war – *für ein Schulprojekt* aufgetrieben hatte. »Du sollst nur spionieren, recherchieren, sonst nichts! Am besten spürst du auch Burmeester nach – wir vermuten, dass er eine Freundin im Club hat. Solltest du die Mörder heute Abend nicht finden (was das Wahrscheinlichste ist), dann belausch einfach Burmeester, nimm seine Gespräche auf. So ist es gar nicht gefährlich!« Maria lächelte, eine Hand auf Kasimirs Schulter.

Kasimir aber war überhaupt nicht zufrieden. Er sah aus wie der miserabelste Unterkellner, den man sich vorstellen konnte. Luca, der seine Verzweiflung sofort bemerkte, versuchte ihm zu erklären: »Du hilfst uns, Kasimir … Du bist der Einzige, dem wir vertrauen … dem wir diese Aufgabe anvertrauen können!«

»Aber was«, rief Kasimir in höchster Verzweiflung, »was ist, wenn die Mörder mich bemerken? Was, wenn dieser Burmeester mich erkennt? Warum soll ich ihn ausspionieren? Nur, weil er eine Freundin hat?«

Luca wollte ihm antworten, dass es besser für ihn sei, das alles nicht so genau zu wissen, denn er würde sonst möglicherweise zu viel

Angst bekommen und dass er, Kasimir, der Letzte sei, den Burmeester erkennen würde … doch da rief Janine plötzlich: »Ha!« und alle sahen sie an. Sie hatte unentwegt am Zahlenschloss von Mähdreschers Tresor gespielt und ihn nun tatsächlich geöffnet. Triumphierend hielt sie die Aufgaben für den nächsten Englischtest in ihren Händen. »Ha!«, wiederholte sie: »Man muss Sudoku können. Die meisten Zahlenschlösser sind einfach zu primitiv.« Sie ging zum Kopierer, um die Aufgaben zu vervielfältigen. »Wie gut, dass deine Mutter jetzt jeden Freitag ins Theater geht, Kasimir«, flötete sie. »Unsere Noten werden deswegen nicht schlechter werden.«
Kasimir wusste nicht, was er sagen sollte. Ihm ging das alles zu schnell. Außerdem wurde es ihm langsam unheimlich. Vielleicht sollte er einfach nicht weiterfragen. Manchmal war es das Beste, den Mund zu halten, das hatte er früh lernen müssen. Und so schluckte er alle Bedenken hinunter. Bruno kam ins Direktorinnenbüro und salutierte. Er trug Kasimirs Lieblingsschlafanzug – kleine Flugzeuge und Bären waren darauf abgebildet – und der Schlafanzug war viel zu klein, weil Kasimir dünner und zarter war als Bruno. Genau betrachtet sah Bruno darin nicht sonderlich kasimirmäßig aus. Aber Kasimir schwieg. Er wollte jetzt tapfer sein, er wollte nichts fragen und auch nichts sagen und auch nicht weinen. Ein Weißer Rabe weinte nicht …
Janine riss ein Papier aus ihrem Spiralblock. Sie zwinkerte Kasimir zu.
»Du bist jetzt schon fast einer von uns: ein großartiger Weißer Rabe! Kennst du schon unseren Leitsatz? ›Am Himmel fliegen die Weißen Raben, sie fliegen hin zum großen Licht. Aber- und Abertausende werden sie beklagen, aber sich selbst, sich selbst beklagen sie nicht.‹«
Sie lächelte Kasimir an und gab ihm den edlen Füllfederhalter seiner Mutter. Kasimir hatte Tränen in den Augen. Aber er nahm alle Kraft zusammen. Er musste tapfer bleiben. Wie schön dieser Leitsatz doch war!
Janine diktierte ihm seinen Brief:

»Liebste Mutter,
in der Kantine habe ich die Kartoffeln und die Möhren allesamt aufgefuttert. Es war mal wieder vorzüglich, liebste Mutter, ein Gedicht. Du hast dich selbst übertroffen! Wo nimmst du nur immer diese wunderbaren Kochrezepte her? Kartoffeln und Möhren! Ich finde, wir sollten jeden Tag Kartoffeln und Möhren futtern. Nach dem Essen habe ich mich sogleich in mein gemütliches Bettchen begeben, und nun schlafe ich schon in allerliebster Ruh, damit ich morgen fein wach und fit bin für die spannende Lernerei in deiner tollen Schule!
In großer Liebe, dein Freund und Sohn, Kasimir ...«

Löwenherzen

Am äußersten Ende der Stadt stand das alte Festspielhaus. Ein kleines, weißes Schloss, abgelegen in einer Landschaft aus Heidekraut, Dünengras und Tannen, nicht weit von den Klippen zum Meer.
Das Festspielhaus war ein prächtiges, aber ziemlich eigenartiges Gebäude: Bei Tageslicht glich es einer Sahnetorte mit Zuckerguss und allerlei Verzierungen, und bei Nacht, im Licht der Scheinwerfer, sah es aus wie ein vergoldeter Backenzahn. In linden Augustnächten wehte der Wind die Festmusik zu *Hof Kranenbeck* hinüber – sodass man wach liegen und lauschen konnte – und manchmal war es, als glitten im Morgengrauen die Stimmen der Gäste durchs Zimmer, die, geschmückt wie wilde Pfauen, zurück in die kleine Stadt stolperten, einer nach dem anderen, betrunken, manchmal singend.
Im Herbst schloss das Festspielhaus seine Türen, im Winter stand es still, und im Januar fiel Schnee oder Regen auf den Palast, und er lag stumm und fahl da, im kalten Meereswind. Sein Glanz verlosch, wenn die Tage kürzer wurden.
Auch der *Coeur de Lion* traf sich nur im Sommer hier.
Limousinen fuhren dann auf dem weiten Stellplatz vor, Scheinwerferlichter näherten sich über den Schotterweg und verloschen wieder. Die Mitglieder des Clubs schwirrten aus, Advokaten, Unternehmer, Ärzte, Schauspieler, Adlige … Sie kamen aus allen umliegenden Dörfern und Städten. Sie schwatzten und lachten, und der Wind riss an ihren Kleidern, an ihren Haaren und Hüten, die Herren mussten sie festhalten. Sie schwebten einer nach dem anderen über den roten Teppich, vorbei an den Fackeln, vorbei an einer Tanzkapelle, und durch die hohen Flügeltüren, hinein in den Festsaal …

An diesem Juliabend türmten sich Wolken am Himmel auf. Der Wind blies die Hitze fort. Doch als Kasimir den Festsaal betrat, war das Gewitter noch weit entfernt.

Bevor die ersten Regentropfen fielen, zogen sich die Gäste in den Festsaal zurück, wo die Vorspeise aufgetragen wurde.
Kasimir blieb auf der Empore stehen. Sein Herz schlug wie wild, und immer wieder rieb er seine Hände an der Anzugshose ab. Er hatte Angst. Angst, erwischt zu werden, Angst, etwas falsch zu machen, aber gleichzeitig war es auch wunderbar aufregend hier ... So anders, so zauberhaft. Nie in seinem Leben hatte er so viel Reichtum und Schönheit gesehen.
Da waren die Kronleuchter, der glänzende Tanzsaal, die marmornen Statuen, die leuchtenden Rosen, Teller mit Essen, das modernen Gemälden glich ... Er konnte sich nicht sattsehen an alledem, und gleichzeitig wurde ihm schwindelig davon.
Frauen schwebten an ihm vorbei zu ihren Plätzen, Männer räusperten sich, lachten und sprachen über Politik. Kristallgläser klirrten, Kerzen brannten, die Tanzkapelle spielte, und die schwarzbefrackten Kellner huschten hin und her, kreuz und quer durch den Festsaal: ein Ballett von Pinguinen.
Kasimir durfte sich nicht ablenken lassen. Er musste die Männer suchen ... die Mörder ... einen hellen und einen dunklen Mann ... (Aber wen und warum?)
Und woran erkennt man einen Mörder? Sieht man einem Gesicht, den Bewegungen eines Menschen an, dass er jemanden getötet hat? Kasimir kannte sich nicht aus mit Mördern. Woher auch? Mörder aus dem Fernsehen waren nicht wirkliche Mörder. Das wusste ja wohl jedes Kind. Und wo war dieser Burmeester?
»Keine Bewegung! Aufgepasst!«
Ein Mann in der Mitte des Festsaals hatte sich erhoben. Er spreizte die Arme, Daumen und Zeigefinger im rechten Winkel, als zielte er mit zwei Pistolen auf die Gäste. »Puff! Puff! Ruhe jetzt, aber pronto!«
Das sollte wohl witzig sein. Aber Kasimir hatte sich mächtig erschreckt. Er wischte sich den Schweiß von der Stirn.
Das Licht im Saal wurde dunkler. Im Scheinwerferlicht sah der Mann bleich und gespenstisch aus. Er kam Kasimir bekannt vor.
»Bevor der nächste Gang aufgetragen wird«, begann der Mann sei-

ne Rede, »will ich die Gunst der Stunde nutzen, um euch ganz herzlich willkommen zu heißen. Wie immer ist es mir eine große Freude, euch hier zu sehen ... Die Damen sind schöner denn je, und ich hoffe, die Herren der Schöpfung sind mit mir da einer Meinung!«

Vereinzeltes Klatschen, Ooohs und Aaahs, Gelächter: das alberne Verhalten von erwachsenen Menschen in größeren Gruppen ... Kasimir schüttelte den Kopf, er konnte so etwas nicht leiden. Aber die Zuhörer liebten diesen Mann. Sie lachten nach jedem Satz, als wäre er der König der Witzbolde. Und der Mann fühlte sich wohl in seiner Rolle. Mit seinen fließenden Bewegungen wirkte er wie ein Sänger auf einer Bühne oder wie einer dieser Schauspieler aus den alten Filmen, wo sie anfangen zu singen, plötzlich, ohne Grund.

Kasimir wusste nicht, warum, aber er konnte den Mann nicht leiden. Woher kannte er ihn?

»Einen Toast auf uns, auf unseren schönen Club, den *Coeur de Lion* ... auf dass unsere Gemeinschaft lange bestehe und wir dazu beitragen, unseren kleinen Beitrag gegen die Armut in der Welt zu leisten ...«

Applaus, Applaus, fröhliches, fröhliches Rauschen ... Das entspannte Lächeln des Königs der Witzbolde. Kasimir wurde es allmählich langweilig. Wenn es ringsherum so dunkel war, konnte er nicht einmal Ausschau nach den Mördern halten. Oder nach Burmeester. *Burmeester ...!?*

»... und bevor wir uns wieder dem köstlichen Essen und anderen Annehmlichkeiten zuwenden ...«

Kasimir starrte auf das Gesicht des *Königs*, auf seine ebenen Züge, die scharf gezogenen Falten, das graue Haar ... bis dessen Gesicht verschwamm und nur noch die Stimme da war, tief und sonor ... und dann wusste Kasimir, wer der Mann war. Burmeester! Richard Burmeester. Wieso hatte er ihn nicht gleich erkannt?

Gedanken schwappten in seinen Kopf, ungute Gedanken, rauschend. Was, wenn er mich sieht? Wenn er Mutter was sagt ...? Wie kann ich verhindern, dass er mich erkennt ...? Er verdrückte sich hinter der nächstbesten Säule. Von dort hörte er Burmeester weiterreden.

»… möchte ich euch bitten, für eine Minute innezuhalten … eine Minute des Schweigens … eine Minute der inneren Einkehr … Cecilia ist seit neun Monaten tot, und ich will mit euch allen ihrer gedenken. Sie war, wie ihr wisst, eine wundervolle Frau, ich vermisse sie sehr!«

Das Gemurmel verstummte, das Klingklong der Gläser, die Kellner blieben stehen. Es war still, unheimlich still … Und wie immer, wenn es still war, fühlte sich Kasimir unbehaglich. Panik stieg in ihm auf. Er schwitzte und atmete hektisch. Er konnte nichts dagegen tun.

Reiß dich zusammen und warte. Reiß dich zusammen.

Wenn es still war, dachte Kasimir immer an seinen Vater: sein Vater, wie er ins Meer lief, seinVaterseinVaterseinVater. Wenn es irgendwie ging, vermied er die Stille: Er redete, wenn alle andern schwiegen, er ging nicht in die Kirche, und sogar die Klassenarbeiten ließ ihn seine Mutter in einem anderen Raum schreiben – getrennt von den anderen, und immer lief leise Musik im Hintergrund, um ihn zu beruhigen.

Reiß dich zusammen. Reiß dich zusammen und warte.

Er lugte hinter der Säule hervor, und starrte auf Burmeester.

Such dir einen festen Punkt im Raum.

Der Schwindel ließ nach. Kasimir sah Burmeester, der sich setzte und die Hände vor seinem Mund zu Fäusten ballte. Er sah, wie Burmeester die Augen schloss und wie sein Lächeln verschwand. Er dachte, der sieht gar nicht mehr aus wie ein Schauspieler. Auch nicht mehr wie ein Sänger. Und schon gar nicht wie der König der Witzbolde. Er sieht nur noch alt aus, alt und einsam.

Kasimir schwankte wieder.

Konnte sie nicht aufhören, diese Stille? Wäre eine Stecknadel auf den Boden gefallen, sie wäre zu hören gewesen. So still wie eine Sternschnuppe, dachte Kasimir. Diese Schweigeminute ist so still und gleichzeitig dröhnend laut irgendwo anders, in einer fernen Galaxie.

Es rauschte in seinen Ohren, schnürte seinen Brustkorb zu. Kasimir hielt sich an einer Statue, an kühlem, glattem Marmor fest.

Nicht in die Knie gehen, nicht jetzt.
Er sah vor sich, in Großaufnahme:
Burmeesters Hände, geschlossen, vielleicht betete er.
Die dunklen Füße der Gäste.
Die ernsten und unbeteiligten Gesichter der Kellner.
Und dann – durchzuckte ein Blitz den Raum. Das Gewitter war da.
Kasimir atmete auf.
Die Stille war unterbrochen.
Weit hinten im Saal, direkt neben dem Dienstboteneingang, wurde ein Stuhl umgestoßen, und Kasimir hätte schwören können, auch einen unterdrückten Schrei gehört zu haben. Er entdeckte eine Frau – eine kleine Frau mit schwarzen Haaren, in einem flammend roten Kleid, sie stürzte aus dem Saal. Und sie schrie. Gellend laut, schrill, wahnsinnig hoch. Kasimirs Trommelfell fing an zu zittern davon. Kellner erstarrten. Gläser zersprangen. Der Wind wehte ein Fenster entzwei.
Der Klang von Sternschnuppen, dachte Kasimir.
Die Frau verstummte. Vor dem Dienstboteneingang drehte sie sich um. »Ich hasse dich, ich hasse dich! Du … Lügner, du Verbrecher!«, schrie die Frau, jedes Wort wie eine giftige Lanze in den Festsaal schleudernd. Dann wirbelte sie herum. Schlug die Tür hinter sich zu.
Wie versteinert verharrte die ganze feine Gesellschaft.

»Ein Schrei«, sagte Janine und ihre Stimme klang höher als sonst, »ein Schrei, habt ihr gehört?«
Es war finster draußen. Wolken verbargen den Mond. Nur das Festspielhaus leuchtete über das Klippengelände.
Sie saßen, etwa hundert Meter von der Feier entfernt, unter den breiten Zweigen einer alten Kiefer. Hinter ihnen rauschte das Meer.
Der Wind kam von Osten, vom Wasser. Über dem Meer zuckten Blitze. Gleich würde es regnen.
»Ich glaube nicht, dass das ein Schrei war«, erwiderte Fabian nervös, »dieser blöde Kasten funktioniert einfach nicht! Das ist es!«

Er schlug mit der flachen Hand auf den kleinen, schwarzen Apparat vor sich. »Ein Mistteil hab ich mir andrehen lassen!«
Sie schwiegen eine Weile. In Fabians Kasten surrten die Stimmen aus dem Festspielhaus, sie rauschten, waberten, murmelten. Kein Wort war zu verstehen. Die Sache mit der Wanze – die unter Kasimirs Jacke befestigt war – hatte irgendwie nicht geklappt.
Nur Kasimir wusste, was in dem Festspielhaus vor sich ging, was hinter den Türen geschah ... Sie aber, Fabian, Maria, Janine und Luca, saßen hier in Wind und Dunkelheit, und sie konnten nur warten. Warten, warten und warten.
Aus dem Festspielhaus drang Musik. Jemand schloss ein Fenster. Jemand ließ ein Glas fallen. Mehr geschah nicht.
»Es hat jemand geschrien. Ich weiß es genau«, murmelte Janine. Niemand antwortete ihr.
Ein erster Regentropfen fiel auf die Kiefer. Ein Blitz zuckte, beleuchtete grell das Klippengelände, und der Donner folgte ihm krachend. Ihre Gedanken aber kamen immer wieder auf den einen Satz zurück. Sie wollten diesen Gedanken nicht denken, denn er machte ihnen Angst. Zwischen Wind und Donner und Regen rauschte er weiter in ihren Köpfen. Es half nicht, sich die Ohren zuzuhalten. Er kam immer wieder.
Es hat jemand geschrien. Es hat jemand geschrien. Es hat jemand geschrien.

Ein paar Meter vor der Dienstbotentoilette standen die Männer. Sie unterhielten sich und blickten in den Saal. Beide trugen fleckige, graue Küchenkittel. Der eine war *hell* und der andere *dunkel* ... Der Helle zappelte wie ein Fisch. Der Dunkle erzählte – wie es schien – gleich mehrere Geschichten auf einmal, und oft lachte er dröhnend. Er hatte einen Schnurrbart ...
Sie waren verdächtig, zwielichtig ... Kasimir begriff:
Das sind sie. Der helle, der dunkle Mann.
Die MÖRDER!
Alles Blut schoss in seinen Kopf. Seine Knie wurden weich. Er spür-

te, wie die Menschen ihn anstarrten und im Vorbeigehen über ihn lachten.

Kasimir drückte sich an den Männern vorbei und stieß die Tür zu den Dienstbotentoiletten auf. Niemand da … Das war gut. Er brauchte jetzt einen Ort, um allein zu sein. Die Gedanken überschlugen sich in seinem Kopf. Er schloss sich in der hintersten Toilette ein und setzte sich auf den Klodeckel.

»Hört zu«, raunte er in die Wanze. Seine Stimme bebte vor Aufregung: »Es ist etwas geschehen … Während der Schweigeminute ist eine Frau aus dem Saal gerannt. Sie hat geschrien, und wie! Und dann … dann sind da noch diese *Männer* …«

In diesem Moment flog die Tür auf. Mit einem lauten Knall schlug sie gegen die Wand. Kasimir verstummte. Sein Herz pochte in seinem Hals, in seinen Fingern, überall …

Er wusste, wer da kam. Er brauchte gar nicht erst nachzusehen. Oh Mann, oh Mann. Wenn sie ihn entdeckten, würde er sicher erschlagen und aus dem Fenster geworfen werden und seine Mutter erst viel, viel später von all dem Schrecklichen erfahren. Wenn er, Kasimir, schon längst tot wäre …

So hörte er den trunkenen, tiefen Bass des dunklen Mannes. Dröhnend, wie ein König, wie ein Feldherr lachte er, laut, siegessicher. Der andere, der blonde Fisch, antwortete einsilbig mit seiner kreischend hohen Stimme – einer Stimme fast so hoch wie Kasimirs eigene, und diese Stimme klang beleidigt, als er schließlich den ersten vollständigen Satz von sich gab:

»Was du wegsäufst, Bertil, während der Arbeit: unglaublich!«

Sie standen ganz nah vor der Tür, hinter der sich Kasimir versteckt hatte. Er roch ihren Schweiß und den Rauch ihrer Zigaretten. Er roch auch Gebratenes, Zwiebeln, Fleisch, den ganzen Küchengeruch. Kasimir hörte, wie sie die Tür zu den Dienstbotentoiletten abschlossen. Sie schlossen sich ein … sie schlossen *ihn* ein … Wussten sie, dass er sie belauschte?

»Wenn ich hier schon nix verdiene«, brüllte der dröhnende Bertil selbstzufrieden, »will ich mich wenigstens volllaufen lassen!«

Sei tapfer, dachte Kasimir. Seitapferseitapferseitapfer. Denk an die Weißen Raben! Morgen gehörst du zu ihnen, und dann kann dich Mika von Treptow mal am …
Er hob die Füße und kauerte sich auf den Klodeckel. Er zitterte wie Espenlaub. Es fühlte sich an, als ob sein ganzes Leben in ihm zappelte. Seine Angst vor *denen da draußen* war fürchterlich groß.
»Nu spuck's schon aus, Stipe: Was willst du bereden?«, grölte Bertil hinter der Tür. »Soll ich's dir sagen? Du hast 'n Problem mit deiner Ollen!«
»Schschtt!«, zischte Stipe gereizt: »Willst du, dass der ganze Club mithört?«
Für einen Moment war es still zwischen den Männern. Und Kasimir spitzte die Ohren. Auch er war gespannt, was dieser Stipe zu sagen hatte. Wenigstens das wollte er noch wissen, bevor er …
»Du kennst doch Rita«, begann Stipe schließlich, und seine Stimme klang seltsam belegt: »Ihr arbeitet schon mal zusammen, oder?«
»Klar kenn ich Rita!«, rülpste Bertil beiläufig, »die ist schon in Ordnung.«
»Also, Rita und ich …«, druckste Stipe, »wir …«, er sprach nicht weiter, aber Kasimir konnte sich ungefähr vorstellen, was für eine Geste er machte, denn Bertil lachte wieder sein Feldherrenlachen.
Stipe lachte nicht. »Darum geht es nicht«, begann er nervös. »Aber … sie hat mir erzählt, dass sie was über den Mord im Oktober weiß. Den Mord in der Kastanienallee. Verstehst du?!«
Bei diesen Worten zuckte Kasimir so heftig zusammen, dass er beinah von der Toilette gefallen wäre. Mord, dachte er: Oktober? Kastanienallee? *Oktober?*
War das womöglich … Natürlich war es das. Das war der Mord, der die Weißen Raben interessierte. Der Mord an Cecilia Burmeester. Wieso war er nicht früher darauf gekommen?! Das war doch der Mord, der Marias und Lucas Eltern ins Gefängnis gebracht hatte. Unschuldig, wie Maria und Luca sagten. Unschuldig.
Plötzlich war Kasimirs Angst wie weggeblasen. Sie hatte einer unwiderstehlichen Neugier Platz gemacht.

Er stellte sich auf die Zehenspitzen und streckte seinen Körper, so weit er konnte. Er berührte den oberen Rand der Tür mit den Fingerspitzen, schloss die Hände um das Holz und zog sich hoch. Ein Splitter bohrte sich in seinen Zeigefinger. Seine Armmuskeln zitterten unter der Last des eigenen Gewichtes. Er war noch nie besonders gut in Klimmzügen gewesen. Aber diese Männer wollte er sich doch genauer ansehen!

»Wenn ich dir einen Rat geben darf, Kumpel«, dröhnte Bertil: »Halt dich fern von der Alten! Die bringt dir Unglück! Am Ende wanderst du noch in den Bau!«

Kasimirs rechter Fuß fand auf der Türklinke Halt. Glücklicherweise hatte er abgeschlossen. Er wagte einen Blick über das Holz.

Rauchend standen die Männer vor dem Waschbecken. Kasimir versuchte, sich ihre Gesichter, ihr Aussehen zu merken: Stipe war mager und ausgezehrt, hatte helles Haar, keine Augenbrauen und eine Narbe rechts über dem Auge. Er sah aus wie ein Mensch, der niemals Zeit hatte. Immerzu zappelte er, wie ein Gejagter.

Bertil war groß und dick wie ein Bär, hatte buschige Augenbrauen, die über der Nase zusammengewachsen waren, und lustige, helle Augen. Seine dichten, dunklen Locken gaben ihm etwas Fröhliches. Er wirkte viel nüchterner als ein paar Minuten zuvor.

»Komm!«, sagte er zu seinem Kumpel. »Wird Zeit, wir müssen zurück in die Küche« –, doch Stipe gab keine Ruhe. »Ich soll das auf sich beruhen lassen?!«, stieß er wild hervor. Seine Augen funkelten kalt. »Niemals! Das kannst du mir glauben! Was, wenn sie es noch jemandem erzählt. Jemandem, der es nicht für sich behalten kann. Ich hab Schiss, verdammt! Sie hat …«

Zoiiing – da geschah es.

Etwas ließ Kasimir zusammenzucken. Eine Mücke setzte sich auf seine Lippe. Er versuchte sie mit einer Kopfbewegung zu verjagen. Aber die Mücke schwirrte nicht ab. Ganz im Gegenteil. Sie stach zu. Der Schmerz zischte durch Kasimirs Körper.

Sein Fuß schlug gegen die Tür, seine Hände öffneten sich. Und er fiel auf den Boden.

Rumms!
Er sprang sofort hoch, rieb seine schmerzenden Hände. In seinen Ohren rauschte das Blut. Er taumelte.
Bloß nicht schlappmachen!
»Wer ist da?!«, brüllte Bertil hinter der Tür.
Kasimir schloss die Augen. Jetzt war es so weit. Jetzt würden *die MÖRDER* ihn packen, ihn schlagen, umbringen womöglich!
»Wer ist da?«, kreischte auch Stipe.
Er musste tapfer sein. Seitapferseitapfer! Das Leben war ein einziges Tapferkeitstheater.
Kasimir ballte die Hand um die Klinke zu einer Faust. Das Zittern kam wieder. Er spürte, wie seine Beine nachgaben, doch er stand weiterhin aufrecht. Er drehte den Schlüssel im Schloss …

»Da ist jemand!«
Nach dem Blitz war es wieder dunkel geworden. Vor ihnen lag Finsternis, tiefste Finsternis. Den Abgrund zu den Klippen konnten sie nur erahnen. Alles verschwand in der Nacht.
Janines Stimme klang rau.
»Eine Frau. Ich habe eine Frau gesehen. Sie stand vor den Klippen.«
Mit zitternden Knien warteten sie auf den nächsten Blitz. Aus dem Festspielhaus klang rauschender Applaus. Oder war es nur der Regen, der über den Boden trommelte und ihre Kleider durchnässte?
Da! Wieder ein Blitz. Für den Bruchteil einer Sekunde sahen sie das Klippengelände vor sich.
Alle Farbe wich aus diesem Bild, aus jedem Baum, aus jedem Strauch. Alles war grau und war weiß. Beinahe alles.
Denn da stand diese Frau.
Flammend rot war ihr Kleid. Sie stand direkt an den Klippen. *Sie* musste geschrien haben, so schrecklich und laut und so traurig.
Und jetzt – ein neuer Donner erschütterte das Klippengelände, und wieder zischte ein Blitz über den Himmel – jetzt sahen sie auch den Mann, der sich mit schnellen Schritten auf die Frau zu bewegte.

Ein Mann in einem schwarzen Anzug, mit silbernem Haar. Ein Mann aus dem Modekatalog. Im Laufen hielt er seine Krawatte fest. Er rief nach der Frau, doch sie verstanden ihren Namen nicht. Aber Maria und Luca wussten den Namen des Mannes. Ja, sie erkannten ihn sofort.

Die Frau aus dem Wald

Luca war still, stiller als ein fliegender Vogel. Er lief über das Klippengelände. Vor ihm rauschte die Welt wie das Meer. Der Boden, auf dem er ging, klebte an seinen Schuhen. Er schmatzte bei jedem Schritt.

»Burmeester! Und seine Freundin. Die Frau aus dem Wald. Wir müssen hin. Sie belauschen.«

Das hatte Maria gesagt. Und Luca hatte gewusst, dass es seine Aufgabe war. Er hatte den Fotoapparat genommen und war losgelaufen.

Er würde sie finden. Er würde sie belauschen. Er würde ein Foto von ihnen schießen. Vorne an den Klippen.

Nur gab es ein Problem.

Burmeester und die Frau waren verschwunden.

Luca hörte nicht einmal ihre Stimmen. Vielleicht schwiegen sie auch. Vielleicht waren sie schon gegangen. Es war zu dunkel. Vor ihm rauschte die Welt.

Luca lief weiter, geradeaus, auf die Klippen zu. Das Gewitter war ein Stück weggezogen, der Regen ließ nach. Für kurze Zeit warf der Mond sein Licht auf das Gelände.

Und da entdeckte er sie.

Burmeester und die Frau in dem roten Kleid.

Sie waren nur ein paar Meter von ihm entfernt. Rechts, weiter rechts. Direkt vor den Klippen zum Meer.

Sie standen dicht beieinander. Burmeester gestikulierte, machte eckige Bewegungen mit seinen Händen, aber Luca hörte ihn nicht. Vielleicht flüsterte Burmeester. Das passte gar nicht zu ihm.

Die Frau stand einfach nur da. Sie hielt ihr Gesicht abgewandt, dem Meer zu, und umschlang ihren Körper mit beiden Händen. Der Wind zauste ihr Haar.

Luca versteckte sich hinter einem Felsen. Er hockte da und wartete.

Endlich hörte er die Stimme der Frau, dann Burmeester: tiefer, leiser.

Als er sicher war, dass sie ihn nicht gesehen hatten, richtete er den Fotoapparat auf das Paar. Aber der Mond war wieder hinter Wolken verschwunden. Durch den Sucher sah Luca nur Dunkelheit. Er ließ den Fotoapparat sinken.

»Ich will«, hörte er die Frau sagen. »Ich will …«

Mehr verstand Luca nicht. Aber er glaubte, dass sie weinte. Ihre Stimme kam ihm bekannt vor, vielleicht bildete er sich das auch nur ein.

»Fass mich nicht an!«, zischte die Frau.

»Lass uns vernünftig sein«, bat Burmeester leise.

»Ich bin nicht vernünftig. Das solltest du wissen. Du rufst …,« sagte sie, und so sehr sie auch versuchte, fest und bestimmt zu klingen, ihre Stimme zitterte. »Du rufst mich nicht an … Ich bin nur noch …« Sie verstummte.

Sie besaß eine schöne Stimme, fand Luca. Tief, rau. Melodisch. Er mochte die Stimme und die Art, wie sie sprach. Leider konnte er sie nicht sehen und das meiste, was sie sagte, nicht verstehen. Seitdem der Mond hinter den Wolken verschwunden war, standen Burmeester und sie wie Schattenbilder vor dem Abgrund zum Meer.

»Du bist müde«, sagte Burmeester, »komm, gehen wir. Es ist Zeit.«

Die Frau antwortete ihm nicht.

»Niemand muss von uns wissen«, hauchte sie dann. Luca beugte sich weit vor, um jedes Wort zu verstehen. »Wir können uns verstecken, wie damals, bevor … Niemand hat von uns gewusst, nur … nur Cecilia … und sie … Weißt du noch, Richard? Wir wollten fortgehen, für immer zusammen sein … Und heute willst du nichts mehr davon wissen.« Sie machte eine kurze Pause, ehe sie, etwas lauter, fortfuhr: »Du willst nicht mehr. Mich … willst du nicht mehr. Ich habe ausgedient. Weg! Auf den Müll!«

»Hör auf!«, polterte Burmeester los, besann sich aber sofort. Leiser fuhr er fort: »Was redest du denn für einen Blödsinn?«

»Die Wahrheit. Ich sage die Wahrheit.«

»Du hast nicht ausgedient. Ich liebe dich doch … aber ich habe schrecklich viel zu tun und …«
Die Ohrfeige kam überraschend, auch für Luca, sodass er zusammenzuckte wie Burmeester. Sie knallte wie ein Pistolenschuss. Danach herrschte Stille.
Die Wellen schlugen gegen die Klippen, immer wieder. Luca wagte kaum zu atmen.
»Sag nie wieder, dass du mich liebst. Lüg mich nie wieder an«, sagte die Frau bitter. »Du hast eine andere, ich weiß es.«
Ihre Stimme war jetzt schwach, traurig, kleinlaut. Sie klang wie das Ende von allem. Gleichzeitig war da ein Flehen in dieser Stimme.
Aber Burmeester antwortete nicht mehr.
Er stand halb gebückt, die Hand immer noch an der Wange. Wortlos drehte er sich um. Mit seinen typischen, weit greifenden Schritten ließ er die Frau in dem roten Kleid zurück an den Klippen. Er lief um das Festspielhaus herum.
Die Frau schrie.
Burmeester wollte sie nicht mehr hören. Aus der Ferne sah Luca, dass er den Haupteingang erreichte, sich über das Haar strich und kurz mit dem Portier sprach. Dann verschwand er in dem gelben Nebel aus Licht, der aus allen Fenstern und Eingängen des Festspielhauses drang. Musik schwappte für einen Moment nach draußen, Stimmengewirr und Getöse, als der Portier für Burmeester die Tür aufriss. Dann wurde der Klang wieder dumpf, die Tür war geschlossen, und die Musik und das Leben waberten hinter den Mauern des Festspielhauses weiter.
Nur die Frau weinte noch immer. Niemand hörte sie (niemand außer Luca).
Sie hockte sich hin und umschlang ihre Beine mit den Armen. Lange Zeit saß sie so da.
Luca hörte die ersten Gäste, die das Festspielhaus verließen, er hörte ihr lautes Reden, Lachen, Johlen, ein Motor wurde gestartet. Die Pfauen verließen das Fest. Er hörte einen Mann ein altes Volkslied singen. *Wer will mit uns nach Island fahren …*

Und dann schob sich der Mond noch einmal zwischen den Wolken durch, und sein Licht war so stark und so hell, dass die Frau in dem roten Kleid einen Schatten warf. Sie drehte den Kopf und blickte zum Himmel und Luca sah ihr Gesicht. Es war ein blasses, rundes Gesicht mit schwarzen Augen und fahlen Lippen. Das dunkle Haar umrahmte es wie ein Kopftuch.
Luca hielt die Luft an.
Diese Frau, die Frau aus dem Wald, war nur im Mondlicht so blass. In Wirklichkeit war sie dunkel, ja, zimtfarben. Zimtfarben, makellos und womöglich war ihre Haut so angenehm weich wie ihr fremder Akzent. Oder war es ein Dialekt?
Luca wollte Maria rufen, doch er besann sich.
Er starrte auf das Gesicht der weinenden Richterin.

»Sie ist es!«, sagte Luca viele Stunden später zu den Weißen Raben. »Sie ist es. Da gibt es keinen Zweifel.« Er war so aufgeregt wie noch nie in seinem Leben! Die Aufregung kribbelte in seinen Adern und machte ihn ganz zappelig. »Und die Sache mit diesem Stipe ist auch eine ganz heiße Spur!«
Es war drei Uhr morgens. Sie saßen im Halbkreis auf dem Fußboden von Marias und Janines Zimmer. Sie hatten die Kissen aus den Betten genommen, das Fenster zum Hof geöffnet, und in der Mitte zwischen ihnen lagen Nussecken und Schokolade (Janine hatte immer genug auf Lager). Nur eine einzige Lampe brannte, eine Petroleumlampe aus Serbien: ein Geschenk von Janines Vater. Sie gab ein schönes, warmes Licht.
Gerade erst waren sie zurückgekommen von ihrem Ausflug und hatten Bruno in Kasimirs Zimmer geweckt. Frau Mähdrescher hatte nichts von dem vertauschten Sohn in ihrer Wohnung bemerkt. Einige Zeit zuvor, sagte Bruno, habe sie die Tür zu Kasimirs Zimmer geöffnet, nur einen Spaltbreit. Er habe sie flüstern und kichern gehört wie einen Backfisch, und eine Männerstimme – Bierchens Stimme! – habe gebrummt, sie sollten noch einen Schnaps im Kaminzimmer trinken gehen. Dann seien sie zusammen verschwun-

den. »Aber das sind Privatangelegenheiten«, erklärte Bruno mit Blick auf Kasimir und räusperte sich vielsagend.
Kasimir selbst hätte dem womöglich etwas hinzugefügt. Er hätte bestritten, dass seine Mutter *wie ein Backfisch kicherte* und mit Bierchen Schnaps trank (denn er wusste, so etwas machte sie nicht). Aber er war so müde, dass er keine Lust hatte zu widersprechen.
Er, Kasimir Maedecker, hatte die aufregendste Nacht seines Lebens hinter sich.
Zwar hatten Bertil und Stipe ihn nicht erschlagen und aus dem Fenster geworfen ... aber sie hatten ihn zu Herrn Dimech gezerrt, dem allerobersten Oberkellner des *Coeur de Lion*. Und von ihm hatten sie wissen wollen, ob Kasimir tatsächlich ein *Unterkellner* sei, wie er behauptete, oder ob er ihnen nur Blödsinn auftischte.
Herr Dimech hatte Kasimir mit hochgezogenen Augenbrauen angesehen, und dann hatte er gelächelt und gesagt, ja, *er hatte tatsächlich gesagt:*
»Durchaus. Der Junge ist Unterkellner.«
Kasimir war darüber mindestens genauso erstaunt wie Bertil und Stipe. Und er sah deutlich, dass Bertil und Stipe merkten: Hier stimmte was nicht.
Dennoch ließen sie ihn mit Herrn Dimech allein. Doch dadurch wurde Kasimirs Lage nicht einfacher. Denn Herr Dimech scheuchte ihn für den Rest der Clubnacht mit immer neuen Aufträgen durch das Festspielhaus. Als die letzten Gäste den Saal verließen und die anderen Kellner nach Hause durften, spülte Kasimir immer noch Teller und schrubbte den Küchenboden. Er hielt Stipes Blicke aus und Bertils Witze, er ertrug die Kreuzschmerzen und die Blasen an seinen Fingern ... Nur wenn er zaghaft nachfragte, ob er endlich gehen dürfe, und Dimech spöttisch lächelte: »Was ist denn, Herr Einstein? Sie sind doch der *Unterkellner*!«, dann wünschte sich Kasimir fort, weit, weit fort, womöglich sogar ins Wasser zu seinem Vater, ins Wasser, wo es so fürchterlich still war.
Spät in der Nacht erst war Kasimir seinen Freunden, die vor dem Festspielhaus auf ihn gewartet hatten, vor die Füße gestolpert. Auf

dem endlosen Weg zurück in die kleine Stadt hatte er ihnen alles erzählt. Nur Stipes mörderische Blicke hatte er nicht erwähnt. Und dass er, Kasimir, glaubte, in Stipe einen von Cecilia Burmeesters Mördern erkannt zu haben. Nein, das hatte er lieber für sich behalten.
Denn es war zu gefährlich, es war lebensgefährlich, sich mit einem Menschen wie Stipe zu beschäftigen.
Dieser Gedanke hatte Kasimir nicht mehr losgelassen und ihn zutiefst beunruhigt.
Aber jetzt waren sie sicher zu Hause angekommen und Kasimir wollte nur noch schlafen. Er war so müde – er hatte nicht einmal mehr die Kraft, sich zu fürchten. Vor Stipe und anderen Todesgefahren.
Möglicherweise war es doch nicht so toll, ein Weißer Rabe zu werden.
Möglicherweise war es besser, einfach Kasimir zu bleiben.
Kasimir, der sich ohne Schuhe auf Janines Bett ausstreckte. Kasimir, der bis Sonntag schlief, und dann sein nettes, unaufgeregtes Leben auf *Hof Kranenbeck* weiterführte (trotz Mika von Treptow).
Kasimir, der Filius.
Bestimmt war das besser.
Er schloss die Augen und schlief augenblicklich ein. Was die anderen besprachen, hörte er nicht mehr.
»Annalena Pfeiffer, die Richterin«, sagte Luca, »hatte eine Liebesbeziehung zu Burmeester! Und sie liebt ihn noch immer! Sie explodiert fast vor Liebe. Aber *er* hat genug von ihr. Angeblich hat er eine andere. Sagt *sie*.«
Für einen Moment betrachtete Luca den schlafenden Kasimir.
»Wir müssten diese Rita finden, von der Stipe gesprochen hat. Rita … sie weiß etwas über den Mord! Und Stipe – was hat Stipe damit zu tun? Er ist verdächtig, dieser Stipe! Und ausgerechnet Annalena Pfeiffer, die eine Beziehung zu Burmeester hat, führt den Prozess gegen unsere Eltern, den Prozess, in dem es um ihre tote Rivalin geht, und sie verurteilt unsere Eltern! Das kann ja nicht mit rechten Dingen zugegangen sein. Das riecht nach einem Komplott!«
»Kompott?« fragte Bruno.

»Nach einer Verschwörung«, erklärte Maria.
»Aber was bedeutet das für uns?«, fragte Janine.
»Ist doch klar wie Kloßbrühe!«, rief Fabian (und er linste zu Maria herüber, damit sie jedes Wort seiner brillanten Ausführungen hörte): »Burmeester hat seine Frau betrogen. Das bedeutet: Er hat sie nicht mehr geliebt. Er wollte sie womöglich verlassen und mit Annalena Pfeiffer, der Richterin, abhauen. Cecilia Burmeester wusste von alledem. Und kurz danach wird sie ermordet …«
Fabian hob den Zeigefinger: »Ich denke, Burmeester hatte allen Grund, mit einer Richterin anzubändeln.«
»Und seine Frau aus dem Weg zu schaffen!«, murmelte Luca. »Mit einer Scheidung hätte er viel Geld verloren.«
Bruno nickte versonnen. »Sehr verdächtig, der Geldsack.«
»Aber was können *wir* denn beweisen?«, seufzte Janine. »Das sind nur Spekulationen, wir haben nichts in der Hand! Und meint ihr wirklich, Burmeester würde seine Frau umbringen, nur, weil er eine andere hat? Nur wegen Geld?!«
Sie schwiegen. Fabian, der *Offizielle Heimliche Chef*, sah Maria, die *Wirkliche Heimliche Chefin*, an: Nach all der Aufregung wünschte er sich nichts sehnlicher als einen freundlichen Blick von ihr. Aber Maria war viel zu sehr in Gedanken. Es war plötzlich sehr still in ihrem Zimmer. Nur Kasimir schnarchte leise. Draußen graute der Morgen. Der Himmel leuchtete türkis. Plötzlich spürten sie alle, wie todmüde sie waren.
»Freunde«, sagte Bruno und streckte sich. »Dann bewegen wir uns mal in die heiligen Hallen des Schlafes, oder?«
Er guckte in die Runde und biss zufrieden in die letzte Nussecke aus Janines Vorrat.
Doch der Bissen blieb ihm im Hals stecken.
»Die heiligen Hallen haben mit deinem Schlaf nichts zu tun, Bruno! Was macht ihr hier überhaupt?«

In den geöffneten Flügeltüren zu ihrem Zimmer stand Frau Mähdrescher und neben ihr (in einem gestreiften Anzug, mit zotte-

ligem Haarschopf und ebensolchem Schnauzbart, eingehüllt in eine Wolke aus Schnapsdunst): Bierchen!
Augenblicklich waren sie alle hellwach.
Sogar Kasimir schreckte hoch.
Frau Mähdrescher sah ganz anders aus als sonst. Sie trug ein schlichtes, schwarzes Kleid, und ihr Haar fiel locker auf die Schultern (sie hätten niemals gedacht, dass es so lang und so lockig war). Ohne ihre Brille und den Haardutt sah Frau Mähdrescher fremd und irgendwie … harmlos aus.
Sie erwarteten ein Donnerwetter, aber Frau Mähdrescher schüttelte nur matt den Kopf.
»Was soll ich mit euch machen? Ich mach mir Sorgen … und dann das! Warum schläft Kasimir in seinem niegelnagelneuen Anzug in deinem Bett, Janine? Und dürfte ich erfahren, warum du, Bruno, den Schlafanzug meines Sohnes trägst?!«
Ihre Stimme klang beinah traurig. Nie hatten sie Frau Mähdrescher so gesehen.

Im Gefängnis

Die folgende Woche wurde die längste und langweiligste im Leben der Weißen Raben.
Frau Mähdrescher hatte ihnen eine Strafarbeit aufgegeben: eine Hausarbeit zu dem Thema: ›Umwelt und Umweltschutz in Zeiten der freien Marktwirtschaft‹. Außerdem ließ die Direktorin sie nicht aus den Augen. Stundenlang saßen sie in der Bibliothek und lernten. Nach drei Tagen kam es ihnen so vor, als hätten sie nie etwas anderes getan. Die Nacht vor dem Festspielhaus musste Ewigkeiten her sein.
Dabei lagen nur ein paar Schultage dazwischen. Schultage, an denen sie aus dem Fenster starrten, warteten, warteten, warteten … Sie freuten sich inzwischen schon, wenn ein Vogel auf das Fensterbrett flog und einen kleinen Haufen Kacke hinterließ.
Sie saßen fest! Ihre Ermittlungen stockten! Das Unrecht blieb auf der Siegesstraße!

Wie sehr hatten sich Maria und Luca sonst auf den Donnerstag gefreut: Besuchstag bei ihren Eltern! Jetzt aber zog sich ihr Herz bei dem Gedanken an ihre Mutter und ihren Vater zusammen, als würde es von einer eisernen Hand gepresst. Wieder und wieder mussten sie sich einreden, dass sie es schaffen und ihre Eltern befreien würden. Ja, sie wussten: Eines Tages würde alles wieder gut sein, und sie würden Zitroneneis essen gehen oder zum Alten Anleger fahren und Drachen steigen lassen.
Doch an diesem Nachmittag, als Maria und Luca die Geschenke für ihre Eltern zusammenpackten, waren sie kein bisschen froh. Sie waren nur traurig. Und die Traurigkeit war wie ein dunkles Monster, das alles in ihnen auffraß, jedes andere, bessere Gefühl. Sie konnten nicht dagegen an.

Auf dem Weg zum Bahnhof sprachen Maria und Luca nicht miteinander. Und auch Bierchen, der sie begleitete, versteckte sich hinter seinem Schnauzbart und schwieg. Sie waren ihm dankbar dafür.

Neunzehn Stationen fuhren sie, einmal mussten sie umsteigen. Die Endstation war ihr Ziel. In der einzigen Kneipe weit und breit, dem *Goldenen Hahn* neben der Haltestelle, würde Bierchen auf sie warten.

Maria sagte: »Gehen wir, Luca.«

Das Gefängnis war ein viereckiger Klotz, umgeben von hohen Mauern und Stacheldraht. Alles war viereckig hier, viereckig und grau. In der Ferne flirrte die Silhouette einer größeren Stadt.

Maria klingelte.

Hinter dem Panzerglas saß der Mann mit dem schiefen Gesicht, seine linke Hälfte hing welk herab. Er rauchte. Der Mann spielte immer Karten mit sich selbst.

Mechanisch, als hätte er Maria und Luca noch nie gesehen, fragte er über die Sprechanlage:

»Name? Name des Gefangenen?«

Sie warteten.

Eine Beamtin kam, meist war es Frau Schmitz: eine kleine, dicke Frau in Uniform.

Die gepanzerte Frau Schmitz, sagten sie zu ihr.

Sie führte Maria und Luca über den kargen Hof zu den Gefängnisbauten. Der Hof kam Maria immer sehr hell vor, blendend hell. Die Steine auf dem Schotterweg wirkten wie Sandstein, die Büsche wie Staubfänger. Es gab keine Farbe in dem Gefängnis. Sogar die Sonne war bleich und immer zu heiß. Frau Schmitz schloss eine Tür nach der anderen auf. So viele Türen. Maria nahm Lucas Hand. Dann waren sie da.

»Mein Liebes!« – die Stimme ihrer Mutter, voller Hoffnung und Freude.

»Mein Liebes, mein Kleiner … wie geht es euch? Was macht ihr? Was habt ihr erlebt?«

Immer eine Dreiviertelstunde Leben, an jedem Donnerstagnachmittag. Um sie herum eine Wolke aus fremden Stimmen: Liebesschwüre, Streitgespräche, Witze und Geschichten aus dem Leben drinnen und aus dem Leben draußen …

Und dazwischen Maria und Luca, an Platz Nummer 6, an Platz Nummer 4 (auf der Station ihres Vaters):

»Wir haben Bierchen im Rosengarten geholfen und gelernt, dass Rosen Erde aus Lehm mögen und Wind. Wir haben gelernt, dass Tomaten Wasser brauchen und dass Basilikum bei Frost stirbt. Wir haben in der Bibliothek gesessen. Wir haben nach draußen gesehen, immer nur nach draußen gesehen, die ganze Zeit. Die Vögel ziehen Kreise am Himmel. (Sie kacken auf die Fensterbänke). Siehst du sie manchmal?«

»Wie schön, wie schön … es ist gut, wenn ihr so viel lernt. Ihr seid viel klüger als eure Mutter. Ich bin so stolz auf euch.«

Ihre Mutter lachte und sagte leise: »Wenn wir wieder draußen sind, dann suchen wir uns auch ein Haus mit Garten. Wenn wir wieder draußen sind, dann werden wir Tomaten pflanzen und Basilikum und Rosen, und ihr bringt uns alles bei … alles, alles … was ihr gelernt habt.«

Wenn wir wieder draußen sind.

Wenn ihre Eltern wieder draußen waren, würden Maria und Luca erwachsen sein. Ihre Kindheit wäre dann längst vorbei.

Wenn wir wieder draußen sind. Dann haben wir uns verloren.

»… dann gehen wir zu Luigi, Eis essen und am Wochenende zum Alten Anleger, wie früher. An Winterabenden kuscheln wir uns ins Bett und schauen Fußball im Fernsehen an, und im Sommer, ja, im Sommer, da fahren wir nach Italien, zu Nonna Guillietta, und Nonna Clara … Wie ich mich freue, wie ich mich freue darauf!« In den Augen ihrer Mutter schimmerten Tränen, und Luca wurde ganz komisch zumute. Seine Mutter sprach, als würden sie ewig Kinder bleiben.

»… an Weihnachten gehen wir in den Wald und fällen eine schöne Tanne«, sagte ihr Vater eine Stunde und 12 Türen später, auf Station

Nummer 4. Auch er wollte nicht wissen, was wirklich geschehen würde. »Jedes Jahr vergesse ich den Text von diesen verdammten Liedern«, lachte er. »Jedes verdammte Jahr!«

»... und wenn wir unseren eigenen Garten haben und unser eigenes Haus«, sagte ihre Mutter, »... werde ich dort nur pflanzen, was wir gepflanzt haben wollen ... niemand wird uns reinreden, niemand wird über unser Leben bestimmen, nie wieder!«

Jeden Donnerstag war es so. Und bisher hatten Maria und Luca immer mit ihren Eltern geträumt. Auch sie sprachen von Gärten und Tannen und vom Alten Anleger. An allen vergangenen Donnerstagen war die Zukunft näher als der nächste Tag gewesen. Doch an diesem Donnerstag brachten sie lange kein Wort heraus.

»Hör mal, Mama«, begann Maria endlich.

»Wir müssen euch etwas sagen«, sagte Luca und sah auf den Boden. Es war schwer weiterzusprechen.

»Seitdem ihr verurteilt worden seid«, sagte Maria und sah Luca noch einmal an, ehe sie weitermachte: »... seitdem führen wir unsere eigenen Ermittlungen durch.«

»Wir haben schon viel herausgefunden«, sagte Luca, und zum ersten Mal an diesem Tag klang seine Stimme froh.

Sie sprachen weiter. Erst langsam und zögernd, dann immer schneller und aufgeregter ... Sie erzählten von Burmeester, von Klara Nielson, vom *Coeur de Lion* und von Annalena Pfeiffer vor den Klippen. Sie erzählten von Frau Mähdrescher, von Kasimir und von ihren Strafaufgaben. Sie erzählten von Stipe auf der Dienstbotentoilette ... Sie erzählten und erzählten ... Ihre Mutter, ihr Vater (eine Stunde und 12 Türen später, auf Station 4) hörten stumm zu.

Als sie fertig waren, wussten Maria und Luca nicht, wie viel Zeit vergangen war.

»Und jetzt ...«, schloss Luca, »... können wir unsere Ermittlungen nicht weiterführen ... und wir wollten euch um Hilfe bitten.«

»Es ist wichtig, wichtiger als wichtig!«, sagte Maria. »Denn sonst kommt ihr frühestens in acht Jahren aus dem Gefängnis. Und wir wissen doch ... dass dann alles kaputt sein wird, alles ...«

Weder ihre Mutter noch ihr Vater sagten etwas. Beide saßen nur da, den Blick auf die Hände gesenkt. Um sie herum die Wolke aus fremden Stimmen.
»Ermittlungen …«, murmelte ihre Mutter schließlich, »… ich weiß nicht …«
»Lasst die Finger davon«, sagte ihr Vater, eine Stunde und 12 Türen später, auf Station 4, »… ihr bringt euch doch nur in Schwierigkeiten. …«
»Ich habe Angst um euch, wenn ihr nachts durch die Stadt lauft«, sagte die Mutter.
»Ich glaube, Frau Maedecker hat recht«, sagte ihr Vater, »ihr solltet damit aufhören.«
»Hier drin ist es gar nicht so schlimm,« log ihre Mutter. »Abgemacht?«, fragte ihr Vater: »Ihr versprecht, dass ihr damit aufhört?«
»So ist es das Beste«, sagte ihre Mutter.
»Aber ihr seid unschuldig!«, schrie Maria, und die gepanzerte Frau Schmitz warf ihr einen strengen Blick zu. Leiser fuhr Maria fort: »Das habt ihr mir selbst gesagt!«
»Es ist ungerecht und gemein – und falsch, nicht dagegen zu kämpfen!«, flüsterte Luca, und er sah weder seinen Vater noch seine Mutter dabei an.
»Es ist viel zu gefährlich«, sagte ihr Vater. Und dann, langsamer: »Wir wollen nicht, dass ihr so endet wie wir.«
Maria und Luca wollten nicht glauben, was ihre Eltern da sagten.
Und seltsam, gleichzeitig hatten sie gewusst, tief in ihrem Inneren hatten sie es gespürt, dass so etwas kommen würde.
Ihre Eltern wollten nicht kämpfen.
Nicht einmal ihnen war die Wahrheit etwas wert. Niemandem war die Wahrheit etwas wert. Wie konnten sie sonst dagegen sein, dass sie danach suchten? Was hatten sie dagegen, befreit zu werden?
Maria und Luca hatten gehofft, ihre Eltern würden sich freuen, sie würden stolz sein. So, wie sie früher stolz auf sie waren, wenn sie sich gegen Stärkere gewehrt oder nicht jedem Gerede vertraut hatten.
»Ihr dürft nicht blind glauben, was andere euch erzählen«, hatte ihr

Vater immer gesagt, »ihr dürft nicht glauben, was die Masse glaubt. Ihr müsst euch selbst ein Bild machen und dabei euren Gefühlen vertrauen. Es gibt so viele Lügner in der Welt und so viele Menschen, die nicht richtig hinsehen.«
So waren sie erzogen worden. Und jetzt sollten sie das alles vergessen, von heute auf morgen?
Maria schüttelte den Kopf. Und Luca biss sich auf die Unterlippe, er schmeckte Blut auf der Zunge.
Vor ihnen saßen zwei Fremde.
»Wir wollten euch eigentlich fragen«, sagte Maria am Schluss, und Tränen liefen über ihre Wange, aber sie sprach einfach weiter: »… ob ihr uns helfen wollt. Von hier aus. Im Internet über Burmeester recherchieren, in Zeitungen nachlesen, was er treibt, und euch erinnern an verdächtige Dinge, die zwischen Richard und Cecilia Burmeester geschehen sind. Wir wollten euch fragen, ob es … in Ordnung ist, wenn wir Donnerstag mal nicht kommen. Nur im äußersten Notfall natürlich. Das wollten wir fragen. Aber jetzt …«
»Noch fünf Minuten!«, dröhnte die Stimme der gepanzerten Frau Schmitz. Ihre Mutter blickte auf ihre Hände.
»Wir müssen wohl gehen«, sagte Luca leise.
Ihre Mutter wischte hastig eine Träne weg. Sie lächelte ihr traurigstes Lächeln. Sie nickte.
»Bis nächste Woche«, sagte Maria.
Auch ihr Vater sah auf, und sein schiefes Lächeln war ihnen so vertraut, dass es wehtat.
»Macht's gut«, brachte er mühsam hervor, »ich denke an euch. Die ganze Zeit.«
Sie erhoben sich, erst Maria, dann Luca. Die Stühle kreischten auf dem Steinfußboden. Das Gemurmel verstummte. Jemand weinte. Die gepanzerte Frau Schmitz führte sie zur Tür und nickte ihnen beinahe verlegen zu.
Die schmiedeeiserne Tür schlug hinter ihnen zu.

Hausarbeiten

»Verfluchter Mist!« rief Bruno und schleuderte sein Buch – *Die Flora und Fauna des Wattenmeers* – gegen die Wand. »Warum konnte die blöde Kuh uns keine andere Strafe geben?« Ein paar Schüler in seiner Nähe sahen von ihren Unterlagen auf. Bierchen, der Aufsicht führte, war gerade auf der Toilette.
»Ja, was denn!«, fuhr Bruno sie an. »Schön weiterlernen, ja, schön weiterlernen. Hier ist gar nichts passiert!«
Die Schüler senkten die Köpfe. Die meisten von ihnen hatten Angst vor Bruno und vor seinen Wutausbrüchen.
Er blickte nach draußen. Es war ein schöner Tag. Die Sonne schien, der Himmel war blau, und vom Hof drangen fröhliche Stimmen zu ihnen.
»Es hilft nichts zu schimpfen« sagte Janine und blätterte in ihrem Buch *Umweltpolitik in Schleswig-Holstein.*
»Je schneller wir arbeiten, desto schneller sind wir am Ziel«, pflichtete Fabian ihr bei.
Doch Bruno war da ganz anderer Meinung.
»Warum lassen wir das mit uns machen?!«, rief er. »Jeder Mensch hat ein Recht auf Freiheit! Wir müssen uns wehren!«
»Kannst du ja …«, murmelte Janine. »Dann wird es nur noch schlimmer.«
»Aber wir müssen den Fall Burmeester lösen! Den Fall Bur-mee-ster, schon ver-ges-sen?!«
»Sei still!«, zischte Janine: »Oder willst du, dass es jeder hier mitkriegt?«
Bruno verdrehte die Augen, schwieg aber tatsächlich. Er schlug sein Buch erneut auf. Zum zwanzigsten Mal las er denselben Satz:
»Alle wichtigen Typen der Dünenökosysteme, auch Feuchtheiden, Krähenbeerheiden und Trockenrasenfluren mit einer hoch spezialisierten Wirbellosen-Fauna sind repräsentiert.«

Wen zur Hölle interessierte das? Über den Buchrand sah er Maria an und schnitt eine Grimasse.
Aber Maria bemerkte ihn nicht. Sie saß da, die Stirn in Falten gelegt. Manchmal hob sie den Kopf und starrte ins Leere, und selbst wenn Bruno einen Stepptanz aufgeführt hätte – Maria hätte sich nicht ablenken lassen.
Seit genau einem Tag waren Maria und Luca seltsam und ganz anders als vorher.
Luca war krank, aber auf sehr merkwürdige Weise: Er stand nicht auf, blieb in seinem Bett, lag mit dem Gesicht zur Wand, und gab keinen Pieps von sich. Und Maria war so abwesend und still, dass es auch keinen großen Unterschied machte, ob sie nun in der Bibliothek war oder in ihrem Bett … Sie arbeitete, stumm, verbissen, wie eine Erwachsene, ohne über Burmeester und ihre Ermittlungen zu sprechen …
Was war los mit den Geschwistern? Bruno wusste es nicht. Er senkte den Kopf und las weiter.
»Alle wichtigen Typen der Dünenökosysteme, auch Feuchtheiden, Krähenbeerheiden und Trockenrasenfluren mit einer hoch spezialisierten Wirbellosen-Fauna sind repräsentiert. Alle wichtigen Typen der Dünenökosysteme, auch Feuchtheiden, Krähenbeerheiden und Trockenrasenfluren mit einer hoch spezialisierten Wirbellosen-Fauna sind repräsentiert. Alle …«
Zum Teufel mit den Wirbellosen und ihrer Fauna! Er warf das Buch gegen die Wand.
»Glotzt nicht so blöd«, rief er den gaffenden Schülern noch einmal zu.
Janine sah auf und hob eine Augenbraue.
»Bruno! Wenn du so weitermachst, hängst du hier in zwei Wochen immer noch rum …«
»Bruno Römer! Janine Seminovic! Ruhe da hinten!«
Bierchen war gerade von der Toilette zurückgekommen. »Bruno! Heb das Buch wieder auf, sonst …«
Bruno nickte grimmig. Aufruhr war offenbar zwecklos! Nicht einmal

seine Freunde hielten zu ihm! Er stand auf, um *Die Flora und Fauna des Wattenmeers* zurückzuholen. »Anpasser …«, murmelte er, »verdammte Anpasser… so was nennt sich die Weißen …«
Das Buch lag aufgeschlagen auf dem Teppichboden der Bibliothek. Bruno wollte es schon zuschlagen, als ein Foto ihn aufmerken ließ. Es war oben links auf der Seite, klein, schwarz-weiß, etwas unscharf. Bruno stieß einen Pfiff aus.
»He, guckt mal: Burmeester! Da war der aber noch jung!«
Augenblicklich vergaß Janine ihren Streit mit Bruno. Sie riss ihm das Buch aus der Hand, und auch Fabian stellte sich hinter sie – nachdem er sich vergewissert hatte, dass Bierchen beschäftigt war (genau genommen hatte er sich niedergelassen und die Augen für ein kleines Nickerchen geschlossen).
Sogar Maria sah auf.
Auf dem Foto stand Richard Burmeester in Regenjacke und riesigen Gummistiefeln mitten im schönsten Wattmeer und schüttelte einem rundlichen Männlein die Hand. Bruno las den Text unter dem Foto leise vor: »›Entsorgungsunternehmer Richard Burmeester spendet für den Naturpark Westensee im Mai 1989 100.000 DM. Auf dem Bild überreicht er Waldemar Krakowski, dem Vorsitzenden des Trägervereins, den Spendenscheck.‹«
»Waldemar Krakowski … Waldemar Krakowski!«, murmelte Janine. »Kommt mir bekannt vor, der Name.«
»Natürlich tut er das«, sagte Fabian: »Krakowski war hier zehn Jahre lang Umweltbeauftragter. In ganz Deutschland war er bekannt.«
Maria nickte. »In jedes Gänseblümchen war er verliebt.«
Janine runzelte die Stirn und musterte Maria. Das waren die ersten Worte, die sie an diesem Nachmittag gesprochen hatte. »Und woher kennst *du* ihn, Minipli?«, fragte Janine.
»Oh … er war öfters bei Burmeester«, antwortete Maria so zerstreut, als sei sie gerade aus einem Traum erwacht: »Zum … Essen. Aber irgendwann ist er nicht mehr gekommen.«
Janines Augenbrauen hoben sich, und sie lächelte plötzlich. »Und warum ist er nicht mehr gekommen?«

»JANINE! Setzt dich! Das ist kein Taubenschlag hier.«
Bierchen … Durch ihr Reden musste er aufgewacht sein. Und er mochte es überhaupt nicht, in seinen schönsten Nachmittagsträumen gestört zu werden!
Janine ließ sich auf ihren Stuhl plumpsen, beugte sich aber sofort wieder zu Maria. »Sag schon! Was war da?«
»Weiß nicht. Es war wohl aus mit ihrer Freundschaft.«
»Aber warum?!«
»Das passiert doch manchmal!« Maria schüttelte unwirsch den Kopf und sah wieder in ihr Buch.
Janine sprang auf.
»Maria! Das hat mit *Burmeester* zu tun!«
»JETZT IST ABER GUT DA HINTEN MIT DEM VOLKSGEMURMEL!«
Bierchen schlug mit der Faust auf den Tisch und starrte wütend in ihre Richtung.
Janine seufzte und senkte den Blick. Es hatte keinen Zweck, das Gespräch in der Bibliothek weiterzuführen …
Bis zum Abendessen starrten sie in ihre Bücher. Die Zeit verging im Schneckentempo. Als der Essensgong sie erlöste, waren Bruno und Janine die Ersten, die aufsprangen. »Endlich!«
»Diesen Krakowski sollten wir mal aushorchen!«, rief Janine.
»Wir könnten über ihn recherchieren«, sagte Bruno, »nach dem Essen, hier, in der Bibliothek. Wir könnten …«
Doch er hielt ganz plötzlich inne.
Über den Flur, eine Schneise zwischen den hinausgehenden Schülern bildend, lief Filius Kasimir. Er trug einen Schlafanzug, Wanderschuhe und einen Anorak. Er rief ihre Namen. Er war kreidebleich.
»Bruno, Maria!«, rief er. »Fabian, Janine …!«
Er stolperte über seine Schnürsenkel und prallte gegen ein Bücherregal. Die Schüler hinter ihm lachten und feixten. Doch Kasimir achtete nicht auf sie. Taumelnd lief er weiter und blieb vor ihnen stehen, keuchend, im bernsteinfarbenen Licht der Abend-

sonne, das durch die Flurfenster brach. »Wo ist Luca?!«, blaffte er atemlos. »WO IST ER?«
»Im Bett …«, antwortete Maria irritiert, »er ist krank …« Was war los mit dem Filius?
»Das ist gut!«, schnaufte Kasimir, »… dann ist er in Sicherheit, hoffe ich. Denn es ist etwas passiert. Ich muss euch etwas erzählen, es ist etwas passiert«, sagte er, immer wieder.

Wenig später saßen sie auf dem Hof unter den Linden, und Kasimir erzählte ihnen, was in der Nacht zuvor geschehen war. Es roch nach Dampfnudeln mit Backpflaumen, in der Ferne bellte ein Hund. Noch war es friedlich auf dem Hof. Aber sie mussten sich beeilen, niemand durfte merken, dass sie beim Essen fehlten.
Kasimir erzählte – manchmal hastig, atemlos, dann wieder mit langen Pausen. Er wirkte viel älter auf einmal. Manchmal sah er auf, starrte sie an, fragte: »Glaubt ihr das auch? Glaubt ihr, dass ich verrückt werde?!«
Er wartete ihre Antwort nicht ab.
Nur allmählich begriffen die Weißen Raben, was mit Kasimir geschehen war.
In der letzten Nacht hatte er geträumt, Stipe und Bertil kämen ihn holen, während er ein Tablett mit Krabben durch das Festspielhaus trug. Er rannte, ohne sich von der Stelle zu bewegen, und er schrie, ohne einen Ton herauszubekommen, und Herr Dimech, ganz hinten im Saal, riesengroß und dünn, sagte die ganze Zeit: »Was haben Sie denn, Herr Einstein? Sie sind doch der Unterkellner!«
Kasimir war schweißgebadet aus diesem Traum erwacht.
Kerzengerade saß er im Bett. Er umklammerte den Bezug seines Plumeaus. Es war still, ganz still in seinem Zimmer … Nur draußen knisterte der Wind. Wie aufgeladen, elektrisch zischte er zwischen in den Ästen der Bäume. Da war etwas Fremdes, etwas Unheimliches zwischen den Blättern.
Kasimir stand auf, um das Fenster zu schließen. Er machte kein Licht. Hinter ihm war nur Finsternis, unter ihm der Hof. Die Blätter der

Kastanie schimmerten im Mondlicht, die Linden, die steinernen Löwen …

Es war eine schöne Nacht.

Und für einen Augenblick vergaß Kasimir seine Angst. Die Stille war keine beängstigende Stille, diesmal. Er dachte, dass die Welt friedlich sei und gut und dass alles in Ordnung komme, am Ende. Er dachte an eine Welt ohne Stipe, Bertil, Dimech und Mika von Treptow …

Dann drehte er sich um.

Später konnte er nicht mehr sagen, warum er das tat und genau in diese Richtung sah.

In dem dunklen Winkel zwischen Kachelofen und Vorhang fing sich sonst nur der Staub. Manchmal ein Stift oder ein verlorener Schlüssel. In einer anderen Nacht wäre Kasimir achtlos vorbeigelaufen und hätte sich zurück in sein Bett gelegt.

Und die Person, die dort stand, hätte ihn anstarren können, stundenlang.

Doch jetzt starrte Kasimir zurück.

Starrte auf die Person, die Gestalt, *das Dunkle da.*

Es war ein Mann, das sah Kasimir sofort.

Er war schmal und klein, und sein Gesicht schien dunkler noch als die Finsternis hinter ihm. Er war wirklicher, *echter* als jeder Mensch, dem Kasimir je begegnet war.

Der Mann tat einen Schritt nach vorne. Er trug eine Motorradmaske – die Augen zwei schräge Schlitze. Kasimir wich einen Schritt zurück. Es war der Geruch des Mannes, der ihm unangenehm war. Angst hatte er nicht. Noch nicht.

»Wer sind Sie?«, fragte Kasimir.

»Tut nichts zur Sache«, sagte der Mann heiser. »Ich suche Maria und Luca Brunetto!«

Im schräg einfallenden Licht blitzte etwas in der Hand des Mannes. Ein Messer?

»Hast du gehört? Maria und Luca Brunetto: Wo sind sie?«

Wieder ein Schritt auf Kasimir zu. Kasimir stieß die Stehlampe hinter sich um. »Wer sind Sie?«

Keine Antwort. Nur die schneidend kalte Stimme, sie roch nach Schnaps und nach Zigarettenrauch.
»Ich muss sie finden, Kleiner, ich tu ihnen nichts, kapiert?«
Kasimir starrte auf die Hand des Maskierten. Rückwärts stolperte er über einen Stapel Bücher und fiel auf den Hintern. Woher kamen die Bücher? Er streckte die Arme im Fallen rechtzeitig aus. »Wer sind Sie?«
»Tut nichts zur Sache! Verdammt! Mich gibt es gar nicht.«
Der Mann stand jetzt vor ihm, über ihm … Kasimir lag auf dem Rücken. Er sah ihn ganz deutlich vor sich. Er hätte schreien sollen, doch er tat es nicht. Er hätte fliehen sollen, aber er blieb ruhig, ganz ruhig, und obwohl er plötzlich wusste, wen er vor sich hatte, fragte er wieder: »Wer sind Sie?«
Vielleicht, um Zeit zu gewinnen. Zeit, dachte er, Zeit, es ist Zeit.
Er dachte an seinen Vater. Und wartete. Wartete, dass der Mann mit dem Messer …
Doch es geschah nichts.
»Idiot!«, zischte der Mann. »Ich will dir nichts tun. Und deinen Freunden auch nicht. Ich will sie nur etwas fragen!«
Er packte Kasimir am Schlafanzug und zog ihn hoch. »Oder weißt *du* mehr über den Mord an Cecilia Burmeester? Na? Sag schon!«
Kasimir starrte den Mann an. Er hörte dessen rasselnden Atem. Er hörte seine eigenen Lungen pfeifen. Und dann schrie Kasimir plötzlich los.
Er schrie, dass die Gläser klirrten. Er schrie, dass die Hunde sich in den Hütten verkrochen und Bernsteine am Meeresgrund zersprangen! Er schrie, dass der Mann ihn fallen ließ wie eine heiße Kartoffel.
»Ach, du verdammter Idiot!«
Der Mann drehte sich um und verschwand. So schnell wie ein Springmesser aus dem Griff schnellt, sprang er aus dem Fenster in den Kastanienbaum vor Kasimirs Zimmer. Kasimir hörte ihn in den Ästen, er hörte, wie er auf dem Boden landete – er hörte seine Schritte – Tapptapp. Tapptapp – quer über den Hof. Kasimir blieb zurück. Niemand kam, niemand hatte seinen Schrei gehört. Lange saß er so da und hörte das Blut in den Ohren rauschen.

Ein Gejagter ist das, dachte er – einer, der keine Zeit hat. Einer, der weiß, wie man in fremde Zimmer einsteigt.
Neben Kasimir lag noch das Messer. Der Mann hatte es verloren. Aber es war gar kein Messer. Es war ein Kugelschreiber, aus schimmerndem Chrom, in den Griff die Worte *Coeur de Lion* graviert. Kasimir nahm das Fundstück in seine Hand und dachte lange nach. Der Morgen kam. Bald fing die Schule an.
Kasimir schloss das Fenster.

»Das war gestern«, sagte Kasimir.
»Und heute weiß ich, wer es war. *Stipe*, es war *Stipe*. Er hat sich verraten. Er ist einer von den Mördern! Er ist der Helle von denen, die Cecilia Burmeester umgebracht haben! Er wollte Maria und Luca einschüchtern, damit sie aufhören zu recherchieren!«
Kasimir schwieg eine Weile. Maria wollte etwas sagen, aber sie konnte es nicht. Ihr Mund war ganz trocken.
Dieser Mann hatte nach ihnen gefragt!
Kasimir sah blass aus, sehr blass und sehr erschöpft. Aber nicht krank, wie sonst, und die Angst war aus seinen Augen verschwunden. Sie starrten ihn an.
Fragen schwirrten in ihren Köpfen wie Vögel.
Warum Stipe? Was hatte er gegen Cecilia Burmeester? Würde er wiederkommen in ihr Internat? War er als *Killer* gekauft worden?
»Aber das ist noch nicht alles!«, flüsterte Kasimir. Es sah fast so aus, als hätte er sich in beachtlich kurzer Zeit zum *Wirklichen Heimlichen Chef* der Weißen Raben entwickelt (und das, obwohl er nicht einmal *Offizielles Mitglied* war).
»Heute«, sagte er, »war ich nicht in der Schule. Meine Mutter dachte, ich hätte Wahnvorstellungen, sie meinte, ich wäre para... para...«
»Paranoid!«, erklärte Fabian (erleichtert, auch etwas beisteuern zu dürfen): »Das bedeutet, dass man Angst vor Dingen hat, die nicht da sind oder gar nicht zum Fürchten.«
»Ja, paranoid«, Kasimir zuckte mit den Schultern. »Sie will mir einen Psychologen besorgen. Sie spinnt aber selbst. Sie hat gesagt, ich

soll mit niemanden darüber reden, und dann hat sie so getan, als ob ich krank wäre. Und da liege ich im Bett und lese *das hier* ...«, Kasimir zog eine Ausgabe des *Tagesanzeiger* hervor. Unter *Gemischtes* sahen sie das Foto von einem Mann mit sehr hellen Haaren und einer Narbe über dem rechten Auge. »Hier«, sagte Kasimir: »Stipe ist verschwunden. Wie vom Erdboden verschluckt. Seit ein paar Tagen. Ist das nicht *eigenartig?* Das heißt: Entweder versteckt er sich vor jemandem, oder er flieht, weil er Angst hat, oder er will uns ... Aber warum ...?«

Kasimir sah sich um:»Ich muss jetzt gehen. Es wäre nicht gut, wenn meine Mutter uns zusammen sieht!« Er stand auf. »Bis morgen«, raunte er, »vielleicht könnt ihr etwas über Stipe herausfinden!«

Damit verschwand er ...

»Seht euch den Kerl an!«, murmelte Bruno,

»den Sorgensammler«, fügte Fabian hinzu,

»den Filius«, sagte Janine.

Kasimir lief quer über den Hof, und sogar Mika von Treptow – der zusammen mit seiner Bande gerade vom Abendessen zurückkam – musste die Veränderung an ihm bemerkt haben, denn er rief ihm nichts nach, kein einziges böses Wort. Ja, Kasimir rannte an Mika und seinen Freunden vorbei, als wären sie gar nicht da (an anderen Tagen machte er einen großen Bogen um sie). Erstaunt ließ Mika das Haarband fallen, das er einem Mädchen gestohlen hatte, und das Mädchen nahm das Band und rannte kichernd davon, ohne dass Mika darauf achtete.

Kasimir lief zu dem Kastanienbaum am rechten Flügel des Herrenhauses. Er griff nach den Ästen und schwang sich in die Krone.

Bevor er durch das offen stehende Fenster zurück in sein Zimmer sprang, winkte er ihnen zu.

»Respekt!«, murmelte Bruno. »Was sagst du, Maria?«

Maria schwieg. Sie schien Bruno nicht gehört zu haben. Abwesend starrte sie auf das Hauptportal des Hofes.

Denn da war Luca, in Jeans und dem großen Arbeitspullover seines

Vaters, er stand in der Tür und blickte nachdenklich auf die Löwen am Ausgang. Er war blass und er sah klein aus und gleichzeitig ein bisschen wie eine Statue.
»He!«, rief Maria.
Aber Luca hörte sie nicht.
Er ließ die Tür hinter sich zufallen und ging, als gäbe es weder Mähdrescher noch Bierchen, über den Hof, an den Löwen vorbei, Richtung Frederikenwald. Niemand rief ihn zurück.
»Ist er krank?«, fragte Janine verwirrt. Maria schüttelte den Kopf.
»Er braucht Zeit,« sagte sie leise. »Ich gehe zu ihm«, sagte sie – »und hole ihn zurück.«

Nicht weit hinter Kranenbeck lag der Alte Anleger auf einer Landzunge im Westen. Mit seinen schwarzen Armen griff er ins Meer. Alles war schwarz an dem Alten Anleger, schwarz und verlassen, verfallen. Bei Flut umspülten die Wellen sein angefressenes Gerüst. An den Pfeilern, auf denen Schienen lagen, klebten Seegräser, Muscheln und schwarze Algen. Das Holz war morsch, die Steine schimmerten grün.
Jahr für Jahr verschwand der Alte Anleger ein bisschen weiter im Meer.
Früher, vor vielen Jahren, war hier der Hafen gewesen, von dem die Schiffe zu den Ferieninseln ablegten. Damals gab es eine Eisenbahn, sie war quer durch die Dünen gefahren, um die Menschen aus der kleinen Stadt hierhin zu transportieren. Marias Mutter hatte immer gesagt, dieser Zug habe wie eine Spielzeugeisenbahn ausgesehen und kein Glas in den Fenstern gehabt, nur ein schmiedeeisernes Dach. Während der Fahrt konnte man den Kopf aus dem Fenster stecken und sich die Gedanken aus dem Gehirn pusten lassen, hatte Marias Mutter gesagt.
Aber das war lange her. All das war lange her.
Maria und Luca und auch ihre Eltern hatten den Alten Anleger immer geliebt.
Es war aufregend, über die rostigen Schienen zu balancieren. Maria

und Luca waren, jeder auf einer Schiene, hier entlanggelaufen, so schnell sie konnten, und das Meer unter ihnen schäumte und wogte. Sie hatten das *Schienenrennen* genannt. Am Abend saßen sie auf den Schienen und guckten nach Westen über den glatten, weiten Strand, und am Horizont in der Ferne, wo die Ferieninseln lagen, verdunstete das Abendlicht.

Maria hatte gewusst, dass Luca zum Alten Anleger gehen würde.

Er saß dort, auf den Schienen, ließ die Beine baumeln und blickte in den Himmel, wo ein paar Kinder ihre Drachen tanzen ließen. Im Dämmerlicht schwebten die Drachen wie riesige, dunkle Vögel vor dem silbrig schimmerndem Horizont.

Wie früher lief Maria mit ausgebreiteten Armen über die Schienen auf Luca zu. Er sah sie nicht an, obwohl er genau merkte, dass sie zu ihm kam. Sie setzte sich neben ihn, ohne ein Wort. Zusammen starrten sie in den Himmel, wo sich immer noch die unsteten Drachen bewegten.

Lange saßen sie so da. Niemand kam. Sie blickten über den endlosen Strand, hinüber auf *Hof Kranenbecks* rote Ziegel, sahen die kleine Stadt in der Ferne.

Die Lichter in den Fenstern brannten. Da saßen Familien beim Abendbrottisch.

Das Rot am Horizont wurde schwächer, der Wind flaute ab. In der Stadt schlug die Kirchturmglocke acht Mal. Die Kinder, deren Rufe nur vereinzelt im Wind zu ihnen herüberwehten, holten die Drachen vom Himmel.

»Bald ist der Sommer vorbei«, sagte Luca.

»Ja«, sagte Maria. »Aber wir haben noch Zeit.«

»Ich mag den Winter«, sagte Luca.

»Ich auch«, sagte Maria, »wenn es schneit.«

»Und der Teich im Frederikenwald zufriert …«

»Wenn der Teich zufriert!«

Die Kinder verschwanden nacheinander in den Dünen. Ein Hund tollte um sie herum.

»Komm, Luca, wir gehen«, sagte Maria.

Luca bewegte sich nicht.
Maria stand auf. »Die anderen warten auf uns«, sagte sie.
Sie machte einen großen Schritt und trat auf die gegenüberliegende Schiene. Wieder breitete sie die Arme aus, und setzte, wie eine Seiltänzerin, vorsichtig Fuß vor Fuß. Manchmal blieb sie stehen, ruderte mit den Armen und lächelte. Dann lief sie weiter.
Sie kam nur langsam voran. Luca hatte das immer besser als sie gekonnt.
Sie stand nun da und schloss die Augen. Der Tag war wie ein Karussell gewesen, ein Wirbel aus Farben und Worten. Er war durch Maria hindurchgeglitten, als wäre das alles gar nicht wirklich geschehen, doch jetzt explodierte es in ihr. Sie dachte an Stipe in Kasimirs Zimmer, sie dachte an Krakowski, der mit Burmeester befreundet war, sie dachte an Stipe, der in Kasimirs Zimmer nach ihnen gefragt hatte, sie dachte an Kasimir, der sich so verändert hatte, sie dachte an ihre Eltern im Gefängnis. Sie hatte das Gefühl, das Gleichgewicht zu verlieren und hockte sich hin und umklammerte den kalten Stahl der Schiene mit beiden Händen. Sie schloss die Augen …
Als sie die Augen öffnete, drehte sich die Welt.
Maria erkannte Luca vor sich. Er stand aufrecht, vielleicht einen Meter vor ihr, und ging – so sicher, als liefe er über festen Boden – vorwärts. Dann drehte er sich um, sah Maria an, den letzten Wind in den Kleidern. Er klatschte in die Hände.
»Wer Erster ist!«, rief er und grinste, weil er wusste, dass er gewinnen würde. »Zeit für ein *Schienenrennen.* Findest du nicht?«

Herr Krakowski und seine Gespenster

»Über einen Stipe Müller«, sagte Fabian kopfschüttelnd: »… ist hier nicht viel zu finden.«
Er saß am Bibliothekscomputer und surfte im Internet. Neben ihm, am zweiten Computer, hockte Janine und suchte nach Einträgen über Waldemar Krakowski, den ehemaligen Umweltbeauftragten. Und Bruno forschte nach Zeitungsartikeln über Stipes Verschwinden.
Sie waren die Letzten in der Bibliothek. Nur zur Prüfungszeit sah man um diese Zeit noch Schüler hier. Auch Bierchen verbrachte seine Sommerabende lieber im Garten.
»Ich denke«, murmelte Janine, »Stipe ist ein waschechter Gangster. Einbruch, Trickbetrug … und jetzt Mord, womöglich, Mord an Cecilia Burmeester. Ich denke, er ist in diese Geschichte hineingerutscht, und jetzt bekommt er kalte Füße!«
»Ja, ein Gangster«, sagte Bruno und dachte kurz nach. Dann fragte er: »Aber warum ist er abgehauen? Warum hat er sich aus dem Staub gemacht? Ist die Polizei denn hinter ihm her?! Die glauben doch, Marias und Lucas Eltern wären's gewesen.«
»Er hat Angst«, sagte Janine. »Weil diese Rita, von der er auf dem Klo gesprochen hat, etwas über den Mord weiß.« Sie wandte sich wieder dem Bildschirm zu und seufzte kurz. »Guckt mal, ich hab was anderes gefunden! Einen Artikel über den Adenauer-Mercedes! Die Polizei sagt, er wurde in Süddeutschland auf dem Schwarzmarkt zum Verkauf angeboten. Sie vermuten, dass die Brunettos ihn vor ihrer Verhaftung verscherbelt haben.« Janine schüttelte den Kopf: »Ohnehin eine falsche Spur, dieser Mercedes …«
In diesem Moment schlugen die Flügeltüren auf, und durch die leeren, weiten Gänge der Bibliothek spazierten Maria und Luca herein. Beide lächelten.
»Sieh mal an!«, rief Bruno erleichtert. »Ihr kommt gerade richtig!«

»Wir recherchieren über Waldemar Krakowski und Stipe Müller!«, erklärte Fabian und strahlte.
»Und Waldemar Krakowskis Geschichte ist etwas merkwürdig!«
»Kommt!«, rief Janine und klopfte auf den großen Eichenholztisch. Maria setzte sich auf den Tisch, Luca auf den Stuhl davor. Sie waren froh, dass ihre Freunde keine Fragen stellten.
»Was ist mit Waldemar Krakowski?«, fragte Luca. »Warum recherchiert ihr über ihn?«
»Weil er vielleicht mit unserem Fall zu tun hat – er war ja mit Burmeester befreundet. Sehr verdächtig: Er hat sich pensionieren lassen. Mit vierundvierzig! Dabei lag ihm sein Beruf am Herzen. Und jetzt verkauft er *Schaukelstühle*!« Janine schüttelte den Kopf.
»Vielleicht ist er krank!«
»Nein, nein, er ist zurückgetreten. Und Politiker treten zurück, wenn sie einen Fehler machen. Was war das für ein Fehler? Darüber finde ich hier nichts … Und wisst ihr vielleicht, wann die Freundschaft zwischen Burmeester und Krakowski genau aufhörte?«
»Das war …«, Maria dachte nach, »… vielleicht vor … zweieinhalb Jahren.«
Janine schlug mit der Faust auf den Tisch. »Hab ich mir gedacht! Und vor zweieinhalb Jahren tritt Krakowski zurück. Ist doch verdächtig, oder?! Da gibt es bestimmt einen Zusammenhang.«
»Und was ist mit Stipe?«, fragte Maria, und ihr wurde ganz kalt, weil sie daran dachte, wie Stipe in Kasimirs Zimmer nach Luca und ihr gefragt hatte.
»Nun, in der Zeitung steht, dass Stipe schon öfters im Gefängnis war«, erklärte Bruno. »Aber seit einiger Zeit liegt nichts mehr gegen ihn vor.«
»Arbeitet als Kellner und Küchenhilfe«, fügte Fabian hinzu und verstummte gleich wieder, um weiter im Internet zu suchen.
Auch Janine starrte auf den Bildschirm und klickte eifrig mit der Maus. Und Bruno las noch einmal den Artikel im *Tagesanzeiger* – in dem er bereits so viel unterstrichen hatte, dass kaum noch etwas zu erkennen war.

Maria und Luca freuten sich über ihre Freunde. Es war schön, hier mit ihnen zu sitzen, von ihnen zu wissen und zu wissen, dass sie weiter für ihre Eltern kämpften. Außerdem war es am Abend beinah gemütlich in der Bibliothek. Die Schreibtischlampe sprühte warmes, gelbes Licht auf die Tischplatte, und hinter den hohen Fenstern dämmerte das Hauptgebäude von *Hof Kranenbeck*. Wie an jedem Sommerabend brannten Fackeln auf dem Hof, ein paar Kinder spielten Basketball, und Bierchen arbeitete im Rosengarten. Hin und wieder genehmigte er sich heimlich einen Schluck aus seinem Flachmann. Maria sah das Kastenradio, das er immer während der Gartenarbeit neben sich stellte, und sie hörte die magisch traurigen Töne von Bierchens Jazzmusik über den Hof wehen – weich wie ein Regen. Sie glaubte sogar, ihn singen zu hören.
Sonst war alles still.
Alle hatten ihren Spaß da draußen, und sie, sie waren hier, auf der Suche nach lebenswichtigen Tatsachen. »Ich hab's, ich hab's!«, rief plötzlich Janine. »Endlich! Hier im Archiv. Hier haben wir's, schwarz auf weiß: die Hintergründe von Krakowskis Rücktritt. Wer sagt's denn!«
Die anderen sprangen sofort auf. Sie scharten sich um Janine und guckten gebannt auf den Bildschirm.
Sie warteten, bis der Computer den Artikel geladen hatte.
»Gutes Internet, Fernglas der Moderne«, murmelte Fabian: »Kannst in jeden Hinterhof glotzen, ohne dass irgendwer was mitbekommt.«
Der Artikel schob sich über den Bildschirm. Ein Foto zeigte Waldemar Krakowski, der sich mit einem Stapel Papiere von einem Tisch mit ungefähr drei Dutzend Mikrofonen abwandte. Er trug einen karierten Anzug, der zu klein wirkte, und eine kreisrunde Brille, die ihn wie eine zottelige Eule aussehen ließ. Krakowskis Haut sah rot und aufgesprungen aus, seine Haare hingen wirr ins Gesicht.
»›Waldemar Krakowski …‹«, las Fabian mit zusammengekniffenen Augen, »›… verkündete am 26. November seinen Rücktritt.‹«
»›Aus privaten Gründen, hieß es im Stadtrat‹«, fuhr Janine fort, »›jedoch erklärte Krakowski, dass er damit auch auf die Vorwürfe der

Untreue reagiere, die in letzter Zeit gegen ihn erhoben wurden. Ein anonymer Informant hatte vor wenigen Wochen Krakowskis Verbindungen zu dem Müllverbrennungsunternehmen DRABO in Kiel und deren Zahlungen auf ein Konto Krakowskis nachgewiesen: von Summen bis zu 100.000 € ist die Rede. Das Müllverbrennungsunternehmen DRABO war in der Vergangenheit wiederholt wegen illegaler Sondermüllentsorgung in Tschechien verurteilt worden. Es handelte sich dabei um giftige Produktionsabfälle, Klärschlamm und Anlagenfilter. In letzter Zeit ist es allerdings still um das Unternehmen geworden.‹«

»›Seine Verbindung zu DRABO bestreitet Krakowski nach wie vor‹«, las Maria, »›Bei seiner Rücktrittserklärung beteuerte er wiederholt, er sei unschuldig und ›Opfer eines Komplottes‹.«

»Untreue? Komplott? DRABO?«, sagte Bruno: »Was soll das?«

»Das heißt Folgendes …«, erklärte Fabian, »… Herr Krakowski war Umweltbeauftragter für unsere Küste. Das heißt: Er musste dafür Sorge tragen, dass die Umwelt nicht zu sehr verschmutzt wurde …«

»Wegen der Klimakatastrophe?«, fragte Bruno.

»Genau«, bestätigte sein *Offizieller Heimlicher Chef*, »… und wahrscheinlich hat ein anonymer Informant behauptet, Krakowski hätte Geld vom DRABO-Konzern angenommen … sich bestechen lassen … und nicht hingesehen, wenn DRABO Sondermüll nach Tschechien transportiert hat, um ihn dort zu verbrennen. Verstehst du?«

»Aber ich glaube das nicht!«, platzte Luca heraus. »Das ist wirklich ein Komplott. Dieser Krakowski ist viel zu ehrlich und viel zu ungeschickt, um so was zu tun.«

Maria nickte. »Ja. Das passt nicht zu ihm.«

»Möglicherweise«, sagte Janine, »hat er nur so getan, als sei er in jedes Gänseblümchen verliebt …«

»… und in Wirklichkeit war er ein gieriger Geldsack!«, rief Bruno und wirbelte begeistert herum: »Vielleicht steckt er sogar mit Burmeester, dem elenden Kapitalisten, unter einer Decke!«

Luca schüttelte den Kopf. »Nein, das glaube ich nicht. Ihr hättet ihn mal sehen sollen.«

»Wir müssen mehr über ihn wissen!« Janine öffnete die anderen Hinweise auf Waldemar Krakowski. Es gab einige Artikel über seinen Rücktritt, den DRABO-Skandal und ein paar von ihm selbst verfasste Artikel (»Der Zaunkönig«, »Igel im Winter« und – seltsamerweise –: »Umweltskandal: Giftiger Sondermüll in Tschechien«). Danach verschwand Krakowskis Name, zerstreute sich, und nur seine Bestandteile (»Krakowski« … »Waldemar« … »Hieronymus«) tauchten noch auf, in anderen, fremden Zusammenhängen. In den letzten zwei Jahren hatte es in der Öffentlichkeit und für das Internet keinen Herrn Krakowski mehr gegeben.
Sein Artikel »Umweltskandal: Giftiger Sondermüll in Tschechien« war ein halbes Jahr vor seinem Rücktritt erschienen.
Seltsam, dass er sich für dieses Thema interessierte und darüber veröffentlichte, dachte Janine. Wo er doch mit den Tätern unter einer Decke steckte. »Vielleicht ist der Bursche ja besonders raffiniert und wollte von sich ablenken«, murmelte sie.
Sie überflog die Einleitung des Artikels und sagte dann: »Jetzt hört mal zu, was er hier geschrieben hat:
›Das Problem schien erledigt, doch das war ein Irrtum. Auch nach dem Skandal im vergangenen Jahr, als eine wilde Deponie mit illegal entsorgtem Müll aus deutschen Kommunen im tschechischen Dolniasnice angezündet wurde, wird noch immer regelmäßig deutscher Müll illegal gen Osten gebracht und dort einfach abgekippt. Beispiel Tschechien: Dort tun sich kriminelle deutsche Unternehmer mit Einheimischen zusammen und verdienen eine Menge Geld. Im Kampf gegen diese Müllmafia arbeiten Tschechien und Deutschland inzwischen auch auf EU-Ebene zusammen. Das ist dringend nötig, denn das Problem ist brandaktuell.‹«
»Wow!«, sagte Bruno, der hinter Janine getreten war. »Das klingt ja … wie im Fernsehen! Müllmafia!« Und, nach einer Weile: »Wo Geld im Spiel ist, verlieren die Menschen den Verstand und ihre Moral. Sagt meine Mutter auch, übrigens.«
»Ja, aber … ist es nicht komisch, dass *er selbst* darüber schreibt?« Janine runzelte die Stirn. Dann schlug sie mit der Faust auf den Tisch

und rief: »Wir müssen mit ihm reden! Wenn wir doch aus diesem verdammten Kranenbeck rauskämen!«
Alle schwiegen. Nur der Computer summte. In weiter Ferne hörten sie Frau Mähdreschers glockenhelles Lachen. War wieder Freitag?
»… und Stipe müssen wir finden …«, murmelte Bruno.
»Wir könnten noch mal zu Klara Nielson gehen. Vielleicht ist sie wieder gesund. Und ihr fällt noch etwas ein, was ihr in der Mordnacht an Stipe aufgefallen ist«, sagte Janine.
»Tolle Idee. Und wie kommen wir aus Kranenbeck raus? «
Wieder schwiegen sie.
»Janine hat recht …«, sagte Maria schließlich. Und fügte bestimmt hinzu: »Was wir mit Stipe und der Mordnacht machen, weiß ich nicht, aber wir reden mit Krakowski – und zwar gleich morgen! Morgen ist Samstag!«
Sie klopfte Fabian auf die Schulter. »So machen wir es! Ihr habt toll recherchiert!«
Fabians Herz machte zwar einen Sprung, doch gleich darauf stutzte er.
»Ja … aber wie, Maria …?« Er errötete, »… wie sollen wir das anstellen? Einfach in die Stadt spazieren …? Ohne Genehmigung von Frau Mähdrescher?«
Bruno und Janine nickten, und auch Luca sah Maria fragend an. Maria lächelte zum Fenster hinaus. Auf dem Hof löschte Bierchen die Fackeln und ging, leicht schwankend, auf das Herrenhaus zu. Frau Mähdrescher wartete dort auf ihn.
»Was heißt hier: ohne Genehmigung?«, fragte Maria: »Natürlich bekommen wir eine Genehmigung. Ein Gespräch mit Herrn Krakowski ist sehr wichtig für unsere *Hausarbeit.* ›Umwelt und Umweltschutz in Zeiten der freien Marktwirtschaft‹! Schließlich hat er für die Umwelt in der Region Schleswig-Holstein einiges geleistet. Und sicherlich kann er uns eine Menge über Zaunkönige und Igel im Winter erzählen. Meint ihr nicht auch?«

Am nächsten Tag gingen Maria, Bruno und Fabian zu Herrn Krakowski. Die Weißen Raben hatten gemeinsam entschieden, dass es besser sei, wenn Luca, Janine und Kasimir im Internat blieben. Sie wollten weder Herrn Krakowski noch Frau Mähdrescher allzu sehr aufregen. Und Frau Mähdrescher war einverstanden gewesen, dass sie zu dritt den ehemaligen Umweltbeauftragten interviewten. »Eigentlich ein sehr netter Mann«, hatte sie gesagt und zufrieden gelächelt. »Ihm wurde übel mitgespielt, damals. Ich glaube bis heute nicht, dass er schuldig ist.«

Herr Krakowski öffnete nicht sofort.

Genau genommen mussten sie zehn Mal klingeln. Und auch dann tat sich nichts im *Laden für Schaukelstühle.* Nur das Ding Dang Doiiiiiiiitrrrrrrrrrrr der Klingel war zu hören: zwei abfallende Töne und ein dritter, schrumpfender Ton, der tiefer und tiefer wurde, dann wieder aufstieg, und in einem hysterischen Triller endete.

Bruno klingelte noch einmal.

Sie standen vor Krakowskis kleinem, hutzligem Haus. Es war schmal und hoch und nicht breiter als ein Kinderzimmer. Es sah aus wie ein Legospielzeughaus mit seinen nachträglich angebauten Giebeln und Zinnen und Extrazimmerchen. Die Farbe blätterte von der Fassade, und aus einem Teil des Daches wuchs eine junge Birke. Den Hausherrn kümmerte das wohl nicht, vielmehr schien er immer weiter zu bauen, weiter zu zimmern … An einem Holzschuppen lehnte eine Leiter, ein Sack Zement platzte aus den Nähten, und in dem kniehohen Gras stand eine Betonmischmaschine.

Es war wirklich das seltsamste Haus, das sie jemals gesehen hatten. Das Haus von jemandem, der sich nicht zufrieden mit dem gab, was war, und mit dem, was er hatte.

Ein suchender Mensch, hätte Marias Vater gesagt. Und Luca hätte dieses Haus sofort fotografiert.

Maria, Fabian und Bruno setzten sich auf einen großen, roten Schaukelstuhl auf der Veranda und sahen in den Vorgarten. Vögel sangen in den Obstbäumen.

Stockrosen wucherten in allen Farben auf dem Gelände. Dazwischen standen winzige Schaukelstühle, kleine Zwerge aus Holz, die sich um Holzblumen kümmerten oder einen Hund ausführten. Auf einem großen Schild stand:

WALDEMAR HIERONYMUS KRAKOWSKI
MEISTER FÜR SCHAUKELSTÜHLE
ÖFFNUNGSZEITEN NACH ABSPRACHE
BITTE KEINE ÜBERRASCHUNGEN

Die Heckenrosen dufteten, die Straße lag still. Es war hübsch hier. Nur: Wo war Waldemar Hieronymus Krakowski?
Manchmal hörten sie rätselhaft scharrende Geräusche aus Schuppen oder Haus, ein Jaulen wie von Tieren, aber sonst war alles still.
»Vielleicht sollten wir gehen«, murmelte Fabian unruhig, »wir können nicht ewig warten.«
»Wir bleiben hier!«, sagte Bruno bestimmt.
So lauschten sie dem surrenden, sirrenden, zwitschernden Konzert der Insekten und Vögel.
»Wo er wohl bleibt«, sagte Maria. Sie dachte an Janine und Luca und Kasimir, und dass sie warteten, und fragte sich, wie es weitergehen sollte. Da ertönte im Inneren des Hauses ein lautes Gebrüll:
»HRRRRRGTTTTTTTTSSSSSAAAAACKKKKKK-KRRRRRMMMMMNNNNTOOOO!«
»Was war denn das?!«, fragte Fabian erschrocken.
»BSSSSSSSTTTTTTTTUUUUUUUWWOOOOO-OLSSTTTTTTLLLLL!«
Die Tür wurde aufgerissen, und Herr Krakowski stand vor ihnen. Seine Augen funkelten böse. Er hielt einen uralten Mischlingshund im Nackenfell fest – ein grauhaariges, zahnloses Tier, das kraftlos mit den Beinen strampelte.
»Was wollt ihr?!«, bellte Herr Krakowski sie an.
Maria, Fabian und Bruno brachten erst mal kein Wort heraus. Das war Herr Krakowski ... *der* Herr Krakowski ... Maria hatte Mühe, ihn wiederzuerkennen.

Er war mager geworden, sehr mager, seine Falten wirkten tiefer, zerschnitten sein ganzes wildes Gesicht. Finster, erloschen und stumpf, ohne jede Freundlichkeit starrte er sie an.
Er war der traurigste und wütendste Mensch, den sie jemals gesehen hatten. Schwer atmend, verschwitzt blaffte er weiter.
»Was wollt ihr hier?! Könnt ihr nicht lesen?«
Bruno sah Maria an, und Fabian sah Maria an, und Maria zuckte mit den Schultern.
»Lesen? Doch, äh, können wir. Was genau meinen Sie …?«
»Lesen! Ob ihr nicht lesen könnt?!« Er zeigte auf das Schild: »Keine Überraschungen! Ich dulde keine spontanen Kunden! Das macht mich wahnsinnig! Ich bin nicht spontan! Ich bin nicht schnell! Ich bin nicht flexibel! UND WAS ZUM TEUFEL WOLLT IHR?!«
Ein Schweißtropfen rollte über seine zerfurchte Wange. »Nun, ähm«, Maria räusperte sich, »erinnern Sie sich nicht an mich? Ich bin Maria Brunetto, die Tochter von Guilia und Santo Brunetto: aus dem Hause Burmeester.«
Aus dem Hause Burmeester.
Krakowski runzelte die Stirn und musterte Maria misstrauisch.
»Burmeester?«, fragte er: »Brunetto?«
»Ja … Brunetto. Meine Eltern waren Haushälter und Gärtner bei den Burmeesters«, erklärte Maria, »ich war damals noch klein. Meine Eltern sind …«
»… verhaftet worden! Sie sitzen im Kittchen!«
Plötzlich schien es »Klick« zu machen bei Waldemar Hieronymus Krakowski.
»Tja, dumm gelaufen, nicht wahr?! So was passiert!«
Er wandte sich ab und marschierte geradewegs auf seinen Schuppen zu, öffnete die krumme Holztür, bugsierte den Rüden hinein und schrie ihn an: »Da bleibst du jetzt drin, bis du vernünftig wirst!«
Dann stapfte er – plötzlich zufrieden mit sich und der Welt – quer durch den Garten auf seine Betonmischmaschine zu.
»Herr Krakowski!«, versuchte es Maria noch einmal. »Wir wollten mit Ihnen reden.«

»Reden, worüber?!« Krakowski fing an, Zement abzumischen.
»Über Ihren Rücktritt aus der Politik, Herr Krakowski …« – und als das keine Wirkung zeigte –: »Über die Feuer in Dolniasnice! Über DEN MÜLL!«
Krakowski drehte sich um. Er ging langsam auf Maria zu, die Fäuste in den Seiten, die düstersten Regenwolken im Blick.
»Über meinen Rücktritt …?«
Er starrte sie an.
»ÜBER MEINEN RÜCKTRITT?!«
Sein Gesicht lief rot an. Sogar das Weiße in seinen Augen wurde rot … und dann kullerten plötzlich Tränen über seine Wangen. Krakowski weinte, ohne dass er schluchzte oder das Gesicht verzog.
»Über meinen Rücktritt!«, seine Stimme zitterte. »Darüber willst du mit mir reden, kleine Brunetto? Hast du dir das gut überlegt? Wie ich höre, ist der große Burmeester so etwas wie ein Brunetto'scher Gönner. Er wäre nicht erfreut über solcherlei Brunetto'sche Schnüffeleien. Ich kenne ihn ganz gut, den Herrn Burmeester, und ich weiß: Er wäre nicht erfreut.«
Maria biss sich auf die Unterlippe und zuckte dann mit den Schultern.
»Sie haben recht«, sagte sie langsam: »Aber mir ist egal, wenn Herr Burmeester sauer auf mich ist. Ich will die Wahrheit erfahren. Die Wahrheit ist das Wichtigste, das Allerwichtigste für mich, verstehen Sie?«
Herr Krakowski hob die Augenbrauen und nickte. Er wischte die Tränen nicht weg.
»Gut«, sagte er, »gut. Das wollte ich wissen.«
Er lächelte zum ersten Mal.

»Natürlich war ich mit Richard Burmeester bekannt, recht gut sogar. Es gab Zeiten, in denen ich dachte, wir wären Freunde.«
Waldemar Krakowski seufzte und sah nachdenklich in die dunklen Augen des Hundes zu seinen Füßen, den er inzwischen aus dem Schuppen geholt hatte. Er sagte:

»Aber er hat mein Leben zerstört. Ja, das hat er. Mein Leben …«
Sie saßen in Krakowskis Wohnzimmer, einem kleinen Raum hinter der *Werkstatt für Schaukelstühle*, und aßen Nussplätzchen, die nach Sägespänen und Spülmittel schmeckten. Es war eng hier, merkwürdigerweise aber gemütlich! Überall standen Rosen, Lilien, wuchsen kleine Bäume, und zwischendrin gab es große Kübel voll Erde. Sogar Schaufeln und Scheren lagen herum. Alles war grün in diesem Wohnzimmer und alles duftete süß nach Blütenstaub, sodass einem ganz taumelig wurde davon. Selbst an den winzigen Fenstern wuchsen Efeu und Wein, sodass die Sonne, gefiltert durch Chlorophyll, grün ins Zimmer strahlte. Krakowski sah sich um:
»Ich wollte damals fort aus diesem Haus. Es war höchste Zeit, erwachsen zu werden.« Er schüttelte den Kopf. »Aber dann all die Lügen und mein Rücktritt. Ich bin hier geblieben, und hab meine Mutter gepflegt …«, er deutete mit dem Kinn auf das Foto einer uralten Frau auf dem Kaminsims, »… bis sie starb.«
Kurz versank Krakowski in traurigen Gedanken.
Fabian holte ihn zurück in die Gegenwart. Er beugte sich vor, damit das Diktiergerät, das er auf den Couchtisch gestellt hatte, alles optimal aufnehmen konnte.
»Was denn für Lügen?«
Krakowski lächelte. »Ach ja! Natürlich glaubt ihr, was ihr gelesen habt. Jeder tut das! Ich hatte übrigens *nichts* mit diesem DRABO-Konzern zu tun, *nichts, nichts, nichts*! Ja – es gab ein schwarzes Konto, das auf meinen Namen lief, aber weiß der Teufel, wer es eröffnet hat, ich war es jedenfalls nicht! Doch die Herren Stadtväter haben bereitwillig alles geglaubt. Ich war ihnen ein Dorn im Auge. Ich war zu … genau, zu starrköpfig in gewissen Dingen … *Weg mit ihm!*« Krakowski schüttelte mit säuerlichem Gesichtsausdruck den Kopf. »Mutter sagte immer, ich hätte meine Arbeit zu ernst genommen.«
Er verstummte. Noch einmal warf er einen Blick auf das Foto seiner Mutter. »Sie war der einzige Mensch, der mir geglaubt hat …«
Fast sah es so aus, als würde Krakowski wieder anfangen zu weinen,

und da Bruno weinende Menschen nicht ertragen konnte (jedes Mal juckte es dann so komisch in den Augen), platzte er heraus: »Und wer hat diese Lügen über Sie erzählt? Wer? Haben Sie das nicht herausgefunden?«

Krakowski sah Bruno verständnislos an. »Natürlich habe ich es herausgefunden«, antwortete er.

»Und? Wer war es?«

»Ich wusste es sofort, als man mir sagte, es gäbe einen *geheimen* Informanten«, Herr Krakowski zuckte mit den Schultern. »Es war Richard Burmeester. Wer sonst?«

»BURMEESTER?!«, riefen Maria, Fabian und Bruno fast gleichzeitig. Krakowskis Hund zuckte zusammen und stellte vorsichtshalber ein paar Nackenhaare auf. Auch Herr Krakowski drückte seinen Schaukelstuhl bis zum Anschlag nach hinten. Sein Gesicht wirkte lebendiger plötzlich, nicht mehr so schlaff wie zuvor.

»Burmeester …«, wiederholte er irritiert, »ich dachte, ihr wüsstet das. Ich habe in meinem Artikel die krummen Touren der Müllmafia beschrieben und später diese Dinge über ihn erfahren – das passte ihm nicht, und da hat er die Vorwürfe gegen mich gewendet, um …«

»Momentmomentmomentmoment! Welche Dinge haben Sie über ihn herausgefunden?«

»Nun, dieser Wohltäter namens Burmeester – dieser sogenannte Menschenfreund! – verfrachtet seit Jahren – seit Jahren! – Sondermüll nach Tschechien und lässt ihn dort vor abgelegenen Scheunen verbrennen. Was meint ihr, warum er so reich ist? Wer Müll illegal im Ausland entsorgt, der schwimmt in Geld … tja, das ist die eine Seite von Burmeester. Gleichzeitig …«, Herr Krakowski lachte, »… – und das ist das Geniale! – gleichzeitig macht er sich unentbehrlich für die Stadtväter … spendet hier, spendet da … Und da wollten die Stadtväter auch nichts Schlechtes über ihn hören. Da haben sie sich lieber auf mich konzentriert …« Er tätschelte seinen Hund . »Und jetzt verkaufe ich Schaukelstühle …«

Er verfiel wieder in sein Grübeln.

Gott sei Dank klingelte es in diesem Moment an der Tür und Kra-

kowski stürzte aus dem Zimmer. »Der angekündigte Kunde, der Kunde!«
In seiner Werkstatt sprach er mit einem Mann, der (sie erkannten es hinter der angelehnten Tür) einen lila Hut auf dem Kopf und einen grauen Miniwindhund in seinen Armen trug und der immerzu »Ach, wie toooolll« und »Nneiiiiiin, wie herrrrlich« flötete.
Bruno flüsterte: »Meint ihr, es stimmt, was er sagt?! Dass Burmeester den Müll verfrachtet hat ...?«
Maria zuckte mit den Schultern: »Wir bräuchten *Beweise.* Sonst nützt uns sein Gerede kein bisschen.«
»Dann müssen wir ihn danach fragen«, wisperte Fabian: »Fragen wir ihn nach einem Beweis, wenn er zurückkommt!«
Die Tür ging auf, und im hellen Licht des Nachmittags stand Krakowski, lächelnd. »Er hat ihn gekauft!«, sagte er fröhlich. »Ach, das ist schön.« Er setzte sich wieder. »Schaukelstühle sind ausgezeichnete Weggefährten. Beinahe wie Hunde. Die Menschen müssen das begreifen. Aber sie begreifen so wenig.«
Er sah sie durchdringend an. »Schaukelstühle sind aussterbende Möbelstücke. Viele schöne Dinge sterben aus ... das Kino, die Liebe, Handarbeit, Schaukelstühle, das Gedächtnis ... Die Menschen sind zu nervös, um zu schaukeln ... um die Seele baumeln zu lassen, versteht ihr?«
Sie hörten nicht richtig hin. Manchmal hatte Herr Krakowski offenbar nicht alle Tassen im Schrank.
»Gibt es denn Beweise, dass Burmeester Sondermüll in Tschechien verbrennen ließ?«, fragte Maria und sie versuchte, dabei möglichst unbefangen zu wirken.
Herrn Krakowskis Miene verdüsterte sich. »Natürlich habe ich das herausgefunden!«
»Ich meine: Beweise! Richtige Beweise?«
Krakowski sah Maria missmutig an.
»Er hat einen Ordner in seinem Büro, darin sind die illegalen Mülltransporte nach Dolniasnice aufgelistet. Jede einzelne Tonne Müll!«

»Und woher wissen Sie das?«, fragte Bruno.

Krakowski seufzte tief.

»Ich bin im Haus der Burmeesters ein und aus gegangen«, sagte er, »Richard war mein Freund. Ich weiß nicht, was mich dazu gebracht hat, ihn zu verdächtigen ... aber ich habe angefangen zu recherchieren und einiges herausgefunden. Und eines Abends, während eines großen Festes in seinem Haus, bin ich in sein Arbeitszimmer geschlichen und habe alles durchsucht. Ich brauchte einen Anhaltspunkt, einen Beweis, genau wie ihr. Unten hörte ich die Stimmen der Gäste, die Musik ... Cecilia war da, meine Mutter, alle unsere gemeinsamen Freunde ... und ich wühlte in seinen Papieren. Es war schäbig. Es war kalt, dunkel, irgendein Abend im Winter, und plötzlich hatte ich diesen Ordner in der Hand, und ich wusste: Das ist der Schlüssel ...«

Krakowski keuchte. Sein rechtes Auge zuckte. Die Stirn war nass vom Schweiß.

»Ich hielt den Ordner in meinen Händen. Ich schlug ihn auf. Las jedes einzelne Papier. Hätte ich ihn doch unter meinem Pulli versteckt und unten, im Flur, in meine Aktentasche geschoben. Aber ich war zu ungeduldig. Ich wollte alles wissen, sofort. Als ich aufsah, stand Richard in der Tür. Er sagte: ›Stell das zurück, Waldek. Es ist nicht dein Recht, so etwas zu tun.‹ Er wirkte ruhig, ganz freundlich. Und ich gehorchte. Wir gingen gemeinsam die Treppe hinunter und feierten weiter. Zwei Wochen später habe ich meinen Rücktritt erklärt.«

All das hatte Krakowski mit fester, ruhiger Stimme erzählt. Doch jetzt löste sich die Spannung.

Ruckartig stand er auf und verschwand, sein Hund folgte ihm demütig. Sie hörten die beiden in der Küche. Ein Glas zersprang. Der Hund bellte. Und Krakowski schrie ...

»HRRRRRRGTTTTTTTTSCKKKKKKKKKKKKKRAAAAAAAAAAAAAA!«

Danach herrschte Stille.

Als Krakowski wiederkam, sah er sie an wie Fremde. Schweiß rann über sein Gesicht. Er versuchte ein Lächeln, aber es misslang.

»Ich habe alles gesagt«, sagte er. »Ich bin müde, Kinder. Ihr müsst jetzt gehen.«
Nur Maria nickte. Sie standen auf und gaben Krakowski die Hand. Bruno sagte: »Sie haben uns sehr geholfen«.
Stumm verließen sie Krakowskis Haus. Sie liefen durch seinen Vorgarten, die Straße herab, quer über die Felder in Richtung Kranenbeck. Der Wind war warm an diesem Tag, das Licht sehr hell. Sie sprachen nicht über das, was Krakowski erzählt hatte. Es war alles gesagt. Sie wussten, was geschehen war. Sie wussten, was sie zu tun hatten.
Nichts, was jetzt noch passierte, würde sie in Erstaunen versetzten.

Zwei Fremde

Hinter dem Bahnsteig summten Bienen in den Brombeersträuchern. Der Bahnhof der Stadt lag einsam in der Hitze. Die großen Ferien hatten noch nicht begonnen, niemand fuhr fort, niemand kam an. Fünf Uhr nachmittags.

Mika von Treptow lag hinter den Brombeersträuchern und sah in den Himmel. Seine Eltern hatten ihn an diesem Wochenende nicht abgeholt, sie waren für zwei Tage weggefahren. Auch Mikas Freunde waren nicht da. Seit Stunden lag er hier. Er dachte an Cowboys und Gangster, an wortkarge Männer. Er dachte, wie die Menschen ihn eines Tages ansehen würden, wenn er ein solcher Mann geworden wäre. Mika dachte, er dachte … Und am diesigen Horizont tauchte ein Zug auf.

Er hielt und fuhr weiter. Als er fort war, standen zwei Männer unter der Bahnhofsuhr. Sie standen da, ohne Gepäck, die Hände in den Taschen. Niemand sah sie, niemandem fielen sie auf. Nur Mika lag in den Brombeersträuchern und beobachtete sie. Er hielt den Atem an. Es war, als hätte er in der Leere des Nachmittags auf sie gewartet. Wie Unsichtbare waren die Männer, wie Chamäleons. Dabei sahen sie gar nicht unauffällig aus. Wenn er genau hinsah, kamen sie ihm sogar recht außergewöhnlich vor. Sie waren nicht aus der Stadt, das sah er sofort. Aber vielleicht gibt es Menschen, die verschwinden können, in jeder Situation, wann immer sie wollen, dachte Mika. Und niemand sieht sie, wenn sie über einen Bahnsteig laufen. Als hätten sie sich daran gewöhnt, Fremde, unsichtbare Fremde zu sein.

»Wohin gehen wir?«, fragte der eine.

»Ins Internat«, antwortete der andere. »*Hof Kranenbeck.*«

Hof Kranenbeck, dachte Mika, *Hof Kranenbeck*!

Die Männer verstummten. Der Erste riss ein Streichholz an. Sein Begleiter öffnete ein Etui mit Zigarillos. Eine Weile standen sie so da, ohne ein Wort, rauchten.

Gangster, dachte Mika: Das sind Gangster.
Sie reisen mit falschen Namen, versteht sich. Sie verstehen ihr Geschäft. Wie Clint Eastwood. Es sind Männer, die *andere* zur Seite treten lassen. Männer, vor denen man in die Knie geht, ohne dass *sie* ein Wort sagen. Die alles gesehen haben.
Vielleicht war es auch anders.
Vielleicht versuchten sie nur, seit Jahren, *solche* Männer zu sein. Mika war sich nicht sicher. Aber aufregend waren sie trotzdem!
»Komm«, sagte der Ältere endlich und schnippte sein Zigarillo zwischen die Schienen. Er war groß, dünn. Sein graues Haar hing wild bis auf die Schultern. Er trug ein rotes Hemd mit einem schwarzen Stern und dem Bild von Che Guevara, dem Revolutionär. Darüber ein Sakko, das ihm zu groß war.
Der zweite Mann war kleiner, drahtiger, jünger. Sein Haar so hell – man hätte meinen können, es wäre weiß. Und auch seine Haut war hell, durchscheinend, fast rosa, wie bei einem Albino, dachte Mika. Er trug eine dunkle Brille, über dem rechten Auge entdeckte Mika eine Narbe.
Die Männer hasteten durch die Straßen der Stadt. Mika folgte ihnen. Sie bemerkten ihn nicht. Und er belauschte ihre Gespräche. Er war nur ein Kind, ein Kind, das ziellos die Stadt durchstreifte. Harmlos, harmlos. Er wollte alles von ihnen wissen.
»Sieht aus wie früher«, murmelte der Ältere. »Nur war es das letzte Mal so dunkel. Ich hoff nur, die Bullen denken, ich wäre immer noch in der Schweiz.«
»Keiner wird dich erkennen,« antwortete der Jüngere. »Das ist Jahre her!«
»Wir müssen diesen Knaben finden. Er kennt sie. Vielleicht weiß er, wo sie ist«, sagte der Ältere. »Wie hieß der Bursche noch gleich?«
»Mensch, Emir!«, blaffte der Jüngere: »Kasimir heißt er. Ka-si-mir! Zum zehnten Mal!«
Kasimir, dachte Mika. Filius Kasimir! Ihn suchen sie in Kranenbeck. Warum Kasimir? Und wen sollte er kennen?
Die Männer liefen weiter, in Richtung Meer, in Richtung Dünen.

Der Jüngere, Stipe, kannte ihr Ziel.
»Meint ihr, es ist richtig, dass wir einfach alleine losziehen?«, fragte Luca. »Maria, Fabian und Bruno wissen nicht …«
»Natürlich ist es richtig!«, unterbrach ihn Janine. Kasimir schwieg.
Sie liefen über die staubige Allee, unter hohen Kastanienbäumen. Die Menschen hinter den Zäunen dösten in der Mittagshitze. Blütenschnee sammelte sich in den Rinnsteinen, in einem versteckten Garten sprang jemand in ein Schwimmbecken. Nur sie waren unterwegs. Samstagnachmittag. Fünf Uhr.
Luca schwitzte in seinem Herbsttrenchcoat und unter dem Hochzeitszylinder seines Vaters. Die Verkleidung war Janines Idee gewesen, wie alles an diesem Tag. »Burmeester darf uns nicht erkennen,« hatte sie gesagt, »während wir bei Klara sind!«
Gerade drei Stunden hatten sie es ohne Maria, Fabian und Bruno im Internat ausgehalten. Jetzt waren sie auf dem Weg zu Klara Nielson. Was konnten sie von ihr noch erfahren?
»Über Stipe«, sagte Janine, »über Stipe kann sie uns was erzählen!«
Luca war nicht wohl bei dieser Aktion. Etwas war falsch. Was sollten sie sagen, wenn Burmeester sie wieder vor Nielsons Haus erwischte? Außerdem hatten sie sich mit Maria und den anderen nicht abgesprochen.
Und auch Kasimir blieb stumm. Der Filius hatte noch keinen Ton von sich gegeben, seit sie *Hof Kranenbeck* verlassen hatten. In einem viel zu großen Pulli tapste er neben ihnen her. Luca wusste, dass er an seine Mutter dachte und an das Donnerwetter, das ihn erwartete, wenn er mit Janine und Luca von der *Erweiterten Vernehmung Klara Nielson* zurückkehrte …
Sie schlichen an der lilienweißen Villa vorbei. Sie sahen niemanden dort. Alle Gardinen waren zugezogen. Und dann standen sie vor Klara Nielsons Haus, mitten in deren wilden Vorgarten. Hinter der Veranda hörten sie ein Rascheln. Vielleicht war es Mieze, die Anakonda.
»Alles dunkel, alles verlassen«, sagte Luca. Aus irgendeinem Grund war er erleichtert darüber.

»Und wenn schon!«, meinte Janine. »Wenn sie nicht da ist, kümmern wir uns eben um die Tiere!«
In Klaras Haus war alles so wie an dem Tag, als die alte Schauspielerin ins Krankenhaus eingeliefert worden war. Über den Boden rollten beim leisesten Luftzug graue Bündel aus Staub. Miezes Terrarium war leer, die Mäuse und die Hunde waren fort. Die Tür zum Papageienkäfig stand weit offen.
Sie schlichen durch den Flur, die Küche, durch Zimmer mit seltsamen Musikinstrumenten, durch eine Kammer, in der lauter Betten standen, in jeder Form und Größe ... Sie liefen die Treppen hinauf und hinunter. Sie fanden niemanden.
Immer neue Zimmer betraten sie, die gewiss niemand außer ihnen und der Stummfilmfrau je gesehen hatte. Jeder Raum war wie ein Gemälde aus einer anderen Zeit. Ein Spinnwebenzirkus. »Ich bin Königin Elisabeth!«, flötete Janine und setzte sich eine Perücke auf. »Und ich Klabautermann Alfredo!«, rief Kasimir und schwang einen krummen Säbel in der Luft. Sie kicherten und stolzierten umher wie Flamingos.
Sie wussten, sie waren Eindringlinge, aber die Zimmer übten eine unwiderstehliche Anziehungskraft auf sie aus. Sie wären noch Stunden so herumgelaufen, bis ihnen schwindelig wurde, im dunklen, schläfrigen Licht des frühen Abends. Sie hatten ihre eigentliche Mission ganz vergessen. Nicht mal an ihre Freunde – Maria, Fabian und Bruno – dachten sie.
Und dann hörten sie ein Geräusch.
Sie erstarrten. Ein Geräusch im Haus!
Unten, im Wohnzimmer. Jemand stieß die Tür auf.
Jemand trat mit schweren Schritten auf die Dielen.
Schramm!
Als würde die Nadel von einer Schallplatte gerissen.
Die grüne Tür, dachte Luca, die grüne Tür zum Garten!
Sein Atem stockte.
»Ist da jemand?«, tönte es von unten.
»Wer ist da?!«

Luca zuckte zusammen, als er die Stimme noch einmal hörte. Er *kannte* sie, ja, er kannte sie sehr gut …
Diese sanfte, aufgeraute Stimme mit dem russischen Akzent, mit den rollenden R's, den starken Vokalen, mit dem Singsang in der Stimme, der jedes Wort mit dem nächsten verband.
Weristda.
Es war Gajew, der Gärtnerkollege von Lucas Vater, der Liebling von Frau Burmeester. Gajew mit den russischen Geschichten, Gajew mit dem Foto von einem hundertjährigen Kirschbaum, Gajew, der Luca vor dem Gerichtsgebäude in den Arm genommen hatte.
Luca stürzte nach unten. Gajew, zwischen Regal und Hundesessel, eine Sense in der Hand, bemerkte ihn erst spät. Seine Hände waren dunkel, voller Erde, wie immer. Er lächelte verblüfft.
»Ach, du bist es, Luca. Was machst du hier? Frau Nielson ist im Krankenhaus!«
Gajew lächelte, wie früher, und Luca wollte beide Arme um ihn werfen, ihn umarmen wie einen Vater – so froh war er, ihn zu sehen.
»Gajew …«, sagte er und stotterte und wusste nicht, was er tat, »… wir wollten noch einmal mit Klara Nielson reden. Sie weiß etwas, das wir unbedingt wissen müssen … Es geht um meine Eltern, verstehen Sie …«

Kasimir Maedeckers Zimmer lag im Dämmerlicht. Das Bett war gemacht, die Vorhänge zugezogen. In hellen Winkeln sammelte sich die Nachmittagssonne.
Es war ein Zimmer ohne Puppen, ohne Spielzeug, ohne Plunder.
Nur ein Regal mit Büchern, ein Schreibtisch, ein Bett.
»Was für ein seltsames Kind«, murmelte der ältere Mann, den sein Freund Emir nannte.
»Was für ein einsames Zimmer!«
Stimmen wirbelten im Halbdunkel, Stimmen von draußen. Die Kinder von Kranenbeck spielten Brennball. Sie kreischten und jauchzten. Emir und Stipe waren über den Hof gelaufen und hatten sich umgeschaut. Mika immer hinter ihnen. Überall spielende Kin-

der, Lieder, das ganze Programm. Wieder hatte sie niemand bemerkt. Nicht einmal Frau Maedecker hatte sich nach ihnen umgedreht. Zwei Männer, Fremde waren sie und dennoch Unsichtbare, Chamäleons.

Wenn du unsichtbar sein willst, beweg dich mit der Natürlichkeit der Welt, die dich umgibt.

Beweg dich auf einem Bahnhof, als wärest du ein Reisender.

Beweg dich in einer Schule, als wärest du selbst ein Kind.

Das hatte Mika an diesem Tag gelernt.

So waren die Männer die breiten Treppenstufen zu Kasimirs Zimmer hinaufgelaufen.

»Fünf Kinder sind es – mit diesem seltsamen Unterkellner«, hatte Stipe zu Emir gesagt, auf dem Weg hierher.

»Fünf Kinder. Kasimir und ein rothaariges Mädchen, sie gingen ganz vorn, ein Junge mit Brille, der aussieht, als käme er vom Priesterseminar, ein Magerer mit schwarzen Haaren und mit Fotoapparat, der die meiste Zeit schweigt, und dann noch … *sie*. Du weißt schon.«

»Ich weiß schon«, hatte Emir wiederholt.

»Wenn ich nur wüsste, wo ihr Zimmer ist!«, sagte er jetzt, in Kasimirs leerem Zimmer.

»Auf dem Hof hab ich sie nicht gesehen und hier … wenn sie nicht in Kranenbeck ist«, murmelte er grimmig, »müssen wir die ganze Stadt nach ihr absuchen. Jeden Winkel durchsuche ich! Sie ist in Gefahr.«

Sie, dachte Mika, *sie* …

Von wem sprachen die Männer? Etwa von Maria?

Etwa … von Janine?

»Kasimir jedenfalls ist nicht hier. Der ist uns keine Hilfe« sagte Stipe und zuckte mit den Schultern.

Die beiden sprachen leise, für sich, unverwandt in Kasimirs Zimmer hinein. Und Mika belauschte sie, nur wenig Meter entfernt. Er rückte immer dichter an sie heran. Er fühlte sich sicher. Er war … ein bisschen zu sicher vielleicht. Ein bisschen zu dicht hinter ihnen. Als wäre er gar nicht da.

Und so machte er nicht die geringste Fluchtbewegung, als Emir plötzlich um die eigene Achse wirbelte und ihn anfunkelte. Mit zwei, drei schnellen Schritten war er bei Mika, packte ihn am Kragen, und er zischte:

»Was gibt's hier zu schnüffeln?!«

Mika öffnete den Mund und schloss ihn wieder. Wie ein Fisch, von Clint Eastwood keine Spur. Sein Blut war eiskalt. Alles dahin.

»Bitte«, flüsterte er mit zitternder Stimme, »tun Sie mir nichts. Vielleicht kann ich Ihnen helfen.«

Gajew stand in Nielsons Garten. Das Gras war geschnitten, er rechte es zusammen.

Luca, Janine und Kasimir hockten auf den Stufen zur Veranda, im Schatten einer Linde, und hörten ihm zu.

Gajew sprach von Cecilia Burmeester.

Er sprach auch von Richard Burmeester.

Er sprach von Weihnachten,

von Silvester,

vom Frühling,

vom Winter,

er sprach von all den Jahren, die er hier gewesen war. Von Cecilias Eifersucht. Von illegalen Geschäften in Tschechien. Von der Liebe.

Gajew hatte alles gesehen von Cecilia und Richard. Und er erzählte davon.

»Cecilia«, sagte er und hob einen Arm zum Himmel, »war eine traurige Frau.«

Er ließ den Arm wieder sinken und blickte zu Boden.

Er sagte: »Cecilia war krank vor Liebe.«

Manchmal hielt Gajew inne und blickte gedankenverloren in den Garten. Dann murmelte er so etwas wie: »Die Tiere wohnen jetzt im Garten.« Oder: »Ach, die Rosen, sie brauchen Wasser.« Oder: »Klara kommt bald nach Hause.« Als bräuchten seine Gedanken Urlaub von den Dingen, die er ihnen erzählte, an diesem späten Samstagnachmittag.

»Richard Burmeester hatte eine andere Frau«, sagte er, »er liebte die andere Frau. Deswegen wollte er Cecilia verlassen. Aber Cecilia war krank vor Liebe. Sie hat einen Fehler gemacht.«
Er drehte sich um zur Villa Burmeester, dann fuhr er fort.
»Sie wollte seine Notizen den Zeitungen geben, seine Aufzeichnungen über seine illegalen Geschäfte in Tschechien, *sie* wollte ihn vernichten, doch dann ...«
Er holte tief Luft und schüttelte den Kopf. »... doch dann hat *er* sie vernichtet. Ich wusste es von Anfang an. Ich habe es der Polizei gesagt. Aber es hat nichts genutzt, ich konnte nichts beweisen. Es tut mir so leid um euch, um deine Eltern, Luca.«
Luca schloss den Mund und atmete flach. Er schloss die Augen. Immer noch drehte sich die Welt. Janine nahm seine Hand und hielt ihn an der Schulter fest.
Seit Gajew schwieg, war es still geworden in Klara Nielsons Garten. *Niemand* sprach. Und so bemerkten sie sofort, dass die Tür zu Burmeesters Veranda aufging. Janine riss Gajew herunter.
Sie lagen hinter der Verandabrüstung und lauschten atemlos. Sie hörten Burmeester:
»Milena« ... ganz sanft und zärtlich. Luca hob den Kopf. Er sah Milena, die Schöne, die *neue* Schöne von Burmeester. Sie hatte schwarzes Haar, wie Annalena Pfeiffer, und helle Haut, wie Cecilia.
Eine Annalenacecilia. Die Nächste, bitte.
Sie drehte sich, dass ihr Sommerkleid wehte, und sie lachte.
Burmeester wischte sich die Hände an der Anzugshose ab. Sein Lächeln war schief, und er sah überhaupt nicht aus wie Herr Burmeester sonst. Luca schluckte. Ein einziger Gedanke beherrschte sein Bewusstsein.
Du! Du warst es.
Milena fiel Burmeester um den Hals. »Ich finde es herrlich hier, Richard«, rief sie.
Sie küssten sich wie in einem Film. Luca ballte die Faust. Dornen bohrten sich in seine Haut, doch er spürte sie kaum. *Du! Du warst es. Du hast sie umgebracht!*

Nie in seinem Leben hatte er jemanden so gehasst wie Burmeester.
Hatte er jemals jemanden gehasst?
Der Hass glühte in jeder Faser seines Körpers. Er wollte aufspringen, er wollte …
Drinnen in der lilienweißen Villa klingelte es.
»Ah! Das Taxi!«, rief Burmeester, als käme gerade der Weihnachtsmann. »Auf in die Oper!« Und Milena lachte: »La Traviata!«
Sie war eine Lacherin, eine fröhliche Person, diese Milena.
Die beiden verschwanden ins Haus. Luca, Gajew, Janine und Kasimir rührten sich nicht. Sie hörten ein Rumpeln aus Burmeesters Haus, Schritte, Stimmen, Laute wie von einem kurzen Kampf. Jemand schrie. Wer war dort? Burmeester war doch fort?
Sie blieben an ihrem Platz, ganz dicht beieinander. Die Kirchturmuhr schlug acht, neun. Neun Schläge. Langsam versank die Straße in der Dämmerung.
Es wurde wieder still in der lilienweißen Villa.

»Das ist die Straße«, sagte Stipe, »hier müsste es sein.«
Eine sorglose Straße, dachte Emir.
Und er rechnete stumm aus (eine Berufskrankheit), wie viel Geld hier zu machen wäre. Dreitausend, viertausend … Warum war er nie hier gewesen in seiner Zeit als Dieb?
Vielleicht, weil sie versteckt lag, diese Allee, abseits der Stadt. Ohne die Hilfe des Jungen hätten Stipe und Emir sie niemals gefunden.
»Los geht's!«, sagte Stipe munter.
Sie liefen an vierundfünfzig Häusern vorbei, kein Mensch begegnete ihnen. Nicht mal ein Kind auf einem Fahrrad oder ein Liebespaar.
Die Straße wirkte melancholisch mit ihren uralten Bäumen, die nun im Dämmerlicht zu Scherenschnitten wurden, vor einem tintenblauen Himmel.
Sie liefen durch die Straße.
»Verflucht noch mal,« murmelte Stipe, »die sind verflucht reich hier, die Leute.«
Burmeesters Villa leuchtete ihnen gespenstisch entgegen. Durch die

Fenster drang leise »Moon River«. Schatten tanzten über die Wände. Emir musste an die Kartonhäuser denken, die ihm seine Tochter gebastelt hatte, früher, mit buntem Papier in den Fenstern. Bevor er fortging, hatte er diese Häuser verbrannt. Er konnte sie nicht mitnehmen auf seiner Flucht, und er wollte sie auch nicht zurücklassen. Seine Tochter. Sie war jetzt größer, älter. Er hatte sie seit Jahren nicht gesehen. Sie würde sie ihn nicht mehr erkennen, wenn er vor sie trat.
»Sollen wir klingeln?«, fragte Stipe.
Emir antwortete nicht. Vielleicht hatte sich der Junge nur einen Spaß erlaubt … Vielleicht waren die Kinder gar nicht hier. Vielleicht war das alles ganz falsch.
Bevor er jedoch Stipes Frage beantworten konnte, hörte er Absätze auf dem Asphalt. Kurze, schnelle Schritte. Er riss Stipe nach unten. Eine Frau (klein, mager, blond) und ein Mann (groß, dick, dunkel) tauchten rechts neben Burmeesters Villa auf. Sie hatten es eilig, sie waren nervös. Die Frau zuckte zusammen, als plötzlich das Straßenlicht aufflammte, den kurzen Weg bis zu ihrem Auto (einem gelben Sportwagen) rannten die beiden. Mit quietschenden Reifen preschten sie los.
Emir stand als Erster wieder auf. »Hier stimmt doch was nicht«, murmelte er, klopfte sich die Hände an seiner Hose ab und blickte auf Burmeesters Villa.
»Was die wohl hier wollten.« Emir drehte sich um und sah seinem Freund in die Augen. Und er verstand.
»Das war *sie?* Rita?«
Stipe nickte. »Gut«, sagte Emir. »Bleib erst mal hier.«
Wortlos steckte Stipe sich eine Zigarette an und rauchte.
Emir schlich ums Haus, geduckt, durchquerte Burmeesters Vorgarten. Er machte kein Geräusch auf dem flachen Zementboden. Aber er selbst warf einen Schatten vor der Straßenlaterne, schräg und lang bis hin zu Burmeesters Haus. Der Bewegungsmelder hatte nicht reagiert. Emir war seinen Sensoren ausgewichen, wie in alten Zeiten. Er schlich weiter, wie eine Katze. Links von ihm umrahmte ein krummer, wurmstichiger Zaun das Nachbarhaus: Dieses Nachbarhaus

passte nicht in diese Gegend, es wirkte verlassen. Haus und Garten waren dunkel und wild.
Emir blieb stehen.
Er musste seine Augen an die Dunkelheit gewöhnen. Dann sah er die Kinder.
Vor einer zerrupften Hecke zwischen den Häusern, auf der anderen Seite.
Es waren drei, sie standen beieinander, ein Wollknäuel aus Schatten. Er hätte nicht sagen können, wie alt sie waren.
Zwei von ihnen wichen zurück. Zwei Jungen. »Komm«, sagte ein Junge und zupfte am Ärmel des dritten Kindes, Emir glaubte, ein Mädchen zu erkennen, in seltsamer Verkleidung. »Komm schon, weg hier!« Aber das Mädchen riss sich los, sie blieb, sie starrte ihn an. Stand still wie eine Statue.
»Hallo«, sagte er, denn er wusste nicht, was er sonst sagen sollte.
Sie schwieg. Immer noch blieb ihr Gesicht im Schatten.
Er sah nach vorn. Nur diese Gestalt vor ihm. So dünn. So fremd. Sein Kopf war leer.
Und dann machte sie einen Schritt auf ihn zu. Trat in ein Quadrat aus Licht, das aus Burmeesters Fenster fiel. Sie lächelte.
Ein hoher Ton rauschte durch seinen Gehörgang. Er nickte, er keuchte. Aber auch er lächelte.
»Hallo«, sagte das Mädchen ein weiteres Mal. Und dann, wie ein fremdes Wort: »Vater.«

Janine hatte immer gedacht, sie würde ihren Vater auf einem Bahnhof wiedersehen, auf einem Bahnhof in einem fremden Land. Sie würde aus dem Zug steigen und zwischen den Menschen nach ihm suchen. Er stünde vor einem Laternenpfahl. Er hätte sich nicht verändert. Es wäre Frühling in Belgrad: dort, wo er in ihrer Vorstellung lebte. Er würde winken und rufen: »Ich habe Piroggen dabei.«
Janine hatte immer gedacht, sie müsste auswandern und alles ändern, um ihren Vater wiederzusehen.

Und jetzt stand er vor ihr, hier. Und er sah anders aus, als sie ihn in Erinnerung hatte.
Alles war alt an ihm, seine Haare waren so grau wie die eines Wolfs. Er sah müde aus.
»He, mein Mädchen«, sagte er leise, lachend und hustete ein bisschen.
Nur das, immer wieder.
He, mein Mädchen.
»He«, sagte Janine und streckte ihre Hand aus. Sie schüttelten sich die Hände wie Fremde. Sie fühlte die Blasen an seinen Fingern und ließ seine Hand wieder los.
Sie dachte an Bahnhöfe und Frühlinge in Belgrad.
»Wir kommen von da«, sagte sie und zeigte auf Klara Nielsons Haus. Und dann: »Kommst du mit?«
Er nickte. »Ja, ja …«
Wieder streckte sie die Hand nach ihm aus, doch diesmal hielt sie sie fest. Ihr Vater roch nach Tabak und nach Lebkuchen, wie früher.
Er hustete wieder.
»Gehen wir«, sagte Janine, und sie weinte, zum ersten Mal seit langer Zeit.
Ein tonloses Weinen war das. Sie dachte an die Sonne im April. Wenn der Himmel dunkel ist und die Fassaden der Häuser leuchten.
Ihr Vater lächelte. Sein rechter Schneidezahn fehlte. Sein linker glänzte, er war aus purem Gold. Er zauste ihr durchs Haar.
»Ja«, sagte er. »Gehen wir.«

Ein Einbruch

Später saßen sie in Klara Nielsons Wohnzimmer. Nur eine Petroleumlampe brannte. Es war eine dunkle, mondlose Nacht.

Stipe, Janine, Luca und Kasimir hockten im Kreis um das Licht, Emir und Gajew standen im finsteren Teil des Zimmers.

Der Nachtwind blähte die Vorhänge in dem Salon. Aus weiter Ferne war Musik zu hören, zart wie Grillenschläge im Dickicht.

Luca dachte an Maria, und ihm war nicht wohl in seiner Haut: Sie wusste nicht, wo er war, sie machte sich Sorgen, dennoch konnte er hier jetzt nicht weg. Er ahnte: Es würde eine Entscheidung fallen. Heute, in dieser Nacht. Vor ihm saß Stipe, der *helle Mann*, Emirs Freund. Er sah zu Boden, er sprach.

Manchmal unterbrach er sich, blickte zerstreut auf und fragte: »Versteht ihr?«

Manchmal fuhr er herum und schlug die Beine übereinander, von links nach rechts, von rechts nach links.

Wenn Luca die Augen schloss, dann war es, als wäre es nicht Stipe, sondern ein anderer, der ihm diese Geschichte erzählte. Ein Fremder, nicht blond, nicht klein, nicht mit der Narbe über der Braue.

»Ich war mit dieser Frau zusammen, mit Rita«, sagte Stipe und räusperte sich.

»Sie ist klein und dünn, und sie trägt T-Shirts aus all den Städten, in denen sie schon gewesen ist. Sie ist viel herumgekommen. Sri Lanka, Moskau, Helsinki … an ferne Orte dieser Welt. Diesen Sommer war ich mit ihr zusammen. Sie holte mich von meiner Arbeit ab. Und dann liefen wir in die Nacht. Wir tanzten. Wir tranken. Wir schliefen in Ställen, unter Reeddächern, wir brachen in Häuser ein, die leer standen. Nachts balancierten wir über die Schienen des Alten Anlegers, manchmal mit geschlossenen Augen.«

Stipe lächelte.

»Sie war etwas Besonderes, diese Rita. Sie sagte seltsame Sachen. Sie sagte, das Leben ist wie Schnee im Frühling. Sie sagte: Alles schmilzt. Und dann weinte sie. Ich wusste nie, warum.

Ich habe sie gern gehabt, ich hab sie immer noch gern. Wie oft träume ich von ihr!«

Stipe schüttelte unmerklich den Kopf.

»Und einmal habe ich sie gefragt, warum sie immer weint. Und sie sagte: Ich hab einen Menschen getötet. Mehr nicht. Nur das. *Ich hab einen Menschen getötet.* Da weinte sie nicht. Wir saßen vor der Bar von Old Jeremias, hinten am Westend, wo im Winter die Mäuse über die Tische tanzen. Aber es war Sommer und es gab Gäste in der Bar und über uns brannten Lampions. Ich fragte: Was ist passiert? Aber sie verbarg ihr Gesicht. Sie sagte: Ich habe gedacht, es geht um einen Einbruch. Nur um einen Einbruch. Ich wusste nichts von einem Mord. Es war ein Auftrag, verstehst du? Jemand hat mir, hat uns Geld gegeben … Dann stand meine Rita auf. Und ging. Danach habe ich sie nicht wiedergesehen. Aber ich wollte erfahren, wovon sie gesprochen hatte. Ich studierte die Zeitungen. Ich fragte Freunde. Und stieß schließlich auf Ritas Geschichte: den Mord an Cecilia Burmeester. Und auf Santo und Guilia Brunetto, die Verurteilten. Und so stieß ich auf euch und begriff, dass ihr euch um diesen Fall kümmert. Diesen Fall, der Ritas Fall ist.«

Stipe stand auf.

Draußen war der Mond aufgegangen, groß und rund und gelb stand er über der Kastanienallee. Stipe setzte sich auf die Fensterbank und drehte sich eine Zigarette. »Emir und ich sind seit Jahren Freunde«, erklärte er, »ich hab mit ihm über das alles gesprochen. Ich brauchte seinen Rat: Er ist älter als ich und klüger. Aber er hat mir keinen Rat gegeben. Er wusste nur gleich, dass seine Tochter zu euch gehört. Ich hab ›Kinder‹ gesagt, und ›Kranenbeck‹, und er wollte zurück nach Deutschland. Ich hab ihn nicht aufhalten können.«

Er rauchte ein paar Züge und dachte nach. Er sah plötzlich sehr ruhig aus. Nicht mehr so zappelig wie ein Fisch.

»Und was wollten Sie dann bei uns in Kranenbeck?«, piepste Kasimir.

Stipe nickte. »Ich wollte euch warnen. Ich wollte, dass ihr euch nicht

in diese gefährliche Sache verstrickt. Außerdem wollte ich erfahren, was ihr wisst.«
Kasimir schüttelte den Kopf. »Ich glaube das nicht: Dass *Rita* Cecilia Burmeester umgebracht hat!«
»Doch«, sagte Stipe. »Zusammen mit einem Komplizen. Ihr müsst mir nicht glauben, aber so ist es.« Er drückte seine Zigarette in einem Aschenbecher auf dem Fenstersims aus. Dann sah er seinen Freund Emir an: »Eben hab ich sie wieder gesehen, seit Wochen zum ersten Mal.«
Luca spürte, wie Kasimir neben ihm zusammenzuckte. Und auch er bekam einen Schreck. »Sie war hier?«, fragte er. »Sie war das … bei Burmeester?«
Stipe nickte.
Emir, Janines verschwundener Vater, hatte, während Stipe erzählte, nur dagesessen, ohne ein Wort. Jetzt ging er auf und ab. Er war groß, dünn: wie ein krummer Baum, dachte Luca. Er sah anders aus als alle anderen Väter. Das Bild des Revolutionärs Che Guevara unter seinem alten Sakko passte zu ihm. Er hatte ein gezeichnetes Gesicht. Luca wollte, dass dieser Mann ihn beachtete. Dass er ihn mochte. Unbedingt. Luca wusste selbst nicht warum.
Die Dielen knarrten. »Was suchen die hier?«, fragte Emir plötzlich, »haben sie in der Mordnacht etwas vergessen, etwas liegen gelassen? Warum kommen sie zurück an den Tatort?«
Luca und Gajew sahen sich an. Der alte Gärtner nickte Luca zu, und Luca berichtete von dem Ordner in Burmeesters Büro – von dem Ordner mit den *Müllpapieren* – und dass Cecilia diesen Ordner an die Presse habe geben wollen und dass dies wahrscheinlich ihr Todesurteil war. »Wir glauben, dass Burmeester seine Frau deswegen umbringen ließ.«
Emir fuhr sich durch seinen kurzen, grauen Bart. Er lächelte plötzlich seltsam. »Ein Müllskandal also …«, sagte er. »Und die Beweise liegen in Burmeesters Tresor!« Er wanderte weiter auf und ab. Luca sah ihn an, diesen schweigsamen Mann, Janines Vater. Und er sah, wie Stipe anfing herumzuzappeln: »Vergiss es, Emir, vergiss es ein-

fach wieder, vorbei, verdammt, vorbei!« Wovon sprachen Emir und Stipe? Emir wollte doch nicht …?
Emir musterte Luca, Kasimir, Janine. Ein Kind nach dem anderen. Das Licht der Petroleumlampe tanzte in seinen schwarzen Augen. Sie funkelten wie Feuer. Er grinste und fragte Luca: »Kommst du mit?«

Sie betraten Burmeesters Haus über die Veranda, denn Emir wollte nicht riskieren, dass der Bewegungsmelder anging. Kein Nachbar sollte sie sehen.
Sie waren zu viert, Emir, Janine, Kasimir und Luca. Emir musste Luca dabei haben, weil er sich am besten in Burmeesters Villa auskannte. Und Janine und Kasimir ließen Luca nicht allein gehen.
Stipe schob vor dem Haus Wache, der alte Gajew wartete in Klara Nielsons Salon. »Wenn etwas schiefgeht, dann rufe ich die Polizei«, hatte Gajew zu Emir gesagt, und es hatte wie eine Drohung geklungen.
Und Emir hatte gelächelt und geantwortet: »Wie Sie vielleicht schon ahnen, vertraue ich der Polizei nicht.«
Gajew schnaufte ärgerlich: »Ehe die Kinder zu Schaden kommen!«
Luca wusste, warum Emir keine Polizei holen wollte. Er war ein gesuchter Verbrecher. Außerdem – auch das wusste Luca – würde die Polizei eher *sie* verhaften – Luca, Janine, Kasimir und Emir – als Burmeester.
Denn *sie* öffneten eine fremde Tür. *Sie* durchsuchten fremde Zimmer. Mit einem leisen Klicken sprang die Verandatür auf.
»Auf geht's«, sagte Emir. Und verschwand in das Haus.
Kasimir, Janine folgten.
Alles oder nichts, dachte Luca und ging.
Schritt für Schritt bewegte er sich in der Dunkelheit. Luca kannte die Geometrie dieses Hauses. Er stieß nicht gegen einen einzigen Sessel. Er ging vorwärts, mehr nicht. In das erste, das zweite Stockwerk. Jeden Moment erwartete er Burmeester zurück.
»Verdammt«, fluchte Janine, und Kasimir seufzte leise. Sie liefen ge-

gen Stühle, Ecken, Kanten, sie stolperten, strauchelten. Nur Emir bewegte sich lautlos. Es war nur sein Geruch, der existierte, ein Aroma aus Tabak und Lebkuchen und vielleicht die vage Hoffnung, dass er ihnen helfen würde, wenn etwas passierte.

»Mist«, murmelte er dann. »Sie waren schon hier.«

Er schaltete das Licht an.

Luca blinzelte.

Da war es. Emir hatte es blind gefunden.

Vor ihnen lag Burmeesters Arbeitszimmer. Verwüstet wie nach einem großen Sturm. Samtvorhänge waren heruntergerissen, Schubladen lagen auf dem Boden, deren Inhalt im ganzen Raum verstreut. Ein Ölbild, das Cecilia Burmeester in ihrem Hochzeitskleid zeigte, hing schief an der Wand. Das Fenster stand offen.

»Oh, Mann!«, entfuhr es Kasimir. Er war ganz blass und schniefte.

»Was machen wir jetzt?«, fragte Janine.

Emir kratzte sich am Kopf und blickte um sich. »Was für ein Spiel wird hier gespielt …? Wenn Burmeester Rita und den Typen engagiert hat, um seine Frau umzubringen … was wollten die dann hier?«

»Die Papiere!« Für Luca war die Sache klar!

»Ja, aber warum? Burmeester ist ihr Auftraggeber! Er hätte ihnen die Papiere geben können. Oder sie selbst vernichten.«

»Vielleicht arbeiten sie nicht mehr für ihn!«, sagte Janine und schob das Bildnis von Cecilia Burmeester zur Seite. Sie entdeckte dahinter eine kleine, runde Tür aus schwerem Eisen. Der Tresor! »Guckt mal! Den haben sie nicht aufgekriegt, schätze ich!«

»Nicht!«, sagte Luca, denn er ahnte, was Janine vorhatte. »Bestimmt kommt Burmeester bald zurück.«

»Das dauert nicht lang!«, Janine klatschte vor Begeisterung in die Hände.

Und tatsächlich … nach fünf Minuten hatten Janine und ihr Vater den Tresor geöffnet. Emir horchte mit einer Art Stethoskop – das er aus seinem alten Sakko zauberte – an der Eisentür, während Janine ein Zahlenrad drehte. Leise murmelte sie dabei vor sich hin, und

zählte ihre Finger ab. Wie ein Profi, dachte Luca beunruhigt. Er sah immer wieder hinter sich. Wie spät mochte es sein?
Janine hielt kurz inne. Sie lächelte Luca zu, Kasimir, ihrem Vater. Kein Pfiff kam von unten, kein Warnsignal.
»Also los«, flüsterte sie.
Und zog die Tresortür auf.

Sie fanden in Burmeesters Tresor ein Foto von Cecilia, die vor den Klippen hinter dem Festspielhaus stand, das Haar zerzaust im Wind. Sie fanden eine alte Taschenuhr – »fünftausend Euro bringt die«, schätzte Emir –, sie fanden eine Ausgabe des Theaterstückes »Der Kirschgarten« mit einer Widmung: *Von Cecilia für Richard.*
Sie fanden eine Dose HEINZ Baked Beans aus Großbritannien, das Ultraschallbild von einem Embryo und eine Kinokarte, vor über zwanzig Jahren abgerissen.
Wie seltsam, dachte Luca, was er für Dinge aufhebt, eingeschlossen wie seltene Vögel.
Emir sah Luca an und zog die Spitze eines blauen Ringbuchordners unter seinem Che-Guevara-Hemd hervor. Beiläufig sagte er: »Das sind übrigens die Papiere, die ihr sucht. Ich habe sie eben gefunden«, und dann schüttelte er wieder mit zusammengepressten Lippen den Kopf und sagte: »Das macht aber keinen Sinn …«
Luca starrte auf Emirs Hemd. Er hatte zunehmend das Gefühl, dass Janines Vater ein Magier war. Wo hatte er die Papiere gefunden?
Emir lächelte, sagte: »Du musst deine Zuschauer ablenken, Luca. Das System der Zauberei«, und dann schüttelte er wieder den Kopf und brummte: »Trotzdem ergibt das keinen Sinn. Dass er diese persönlichen Dinge aufhebt und dann lässt er sie umbringen … wegen ein paar Papieren …«
In diesem Moment ertönte draußen vor dem Fenster ein Pfiff. Sie fuhren herum und sahen sich an. Ein Pfiff …
Emir zuckte zurück, lauschte, einen Finger auf den Lippen. Und wieder.
Ja. Das war Stipes Pfiff.

Er bohrte sich durch Lucas Gehörgang, tiefer und tiefer, bis zu der Stelle, wo es am meisten wehtat.
Und dann waren da Stimmen und Schritte auf Kies, auf Holz, auf Stein. Alle möglichen Schuhe. Luca wurde eiskalt. Er biss die Zähne aufeinander. Er sah sie vor sich.
Jetzt sind sie zwischen den Häusern, dachte er. Jetzt sind sie auf dem Kiesweg. Jetzt sind sie auf der Veranda. Jetzt betreten sie das Haus und sehen …
»Da sind sie«, flüsterte Janine.
Die dumpfen Schritte hallten in den hohen Räumen wider wie in dem Bauch eines Walfisches. Jemand rief. Bomb … bomb … bomb … Maria, dachte Luca verzweifelt, Fabian, Bruno …
»Sie kommen, sie kommen …«, wimmerte Kasimir und zappelte, als müsste er dringend aufs Klo.
»Schscht, schscht …«, machte Emir sanft, den Finger auf den Lippen. Er legte eine Hand auf Kasimirs Schulter, mit der anderen deutete er auf einen großen Wandschrank hinter dem Schreibtisch. Er strich seiner Tochter beruhigend über den Kopf. Er schloss die Tresortür und schob das Gemälde davor.
»Licht aus«, flüsterte er Luca zu.
Und Luca löschte das Licht. Er zog die Schranktür von innen zu.
So saßen sie da.
Im Walfischbauch.
Die Tür zum Arbeitszimmer flog auf. Grelles Lampenlicht flutete durch die Ritzen des Schranks.
Luca sank in die Knie. Er schlang beide Arme um seinen Brustkorb. Sein Herz dröhnte hinter der Stirn.
Er drückte sein rechtes Auge auf das Schlüsselloch. Er sah. Burmeesters Zimmer. Den Schreibtisch. Den offen stehenden Tresor.
Dann trat jemand ins Bild.
Es war nicht Burmeester. Es war auch nicht Milena.
Es war Annalena Pfeiffer. In der Hand hielt sie eine Pistole.

»Die Richterin!«
Er konnte nicht anders, er musste es aussprechen.
Er spürte Bewegung hinter sich.
»Ich verlange eine Erklärung!«, sagte Annalena Pfeiffer, und ihre Stimme klang hart.
Erst jetzt sah Luca ihre Begleiter.
Es waren ein Mann und eine Frau. Sie standen in der Tür. Und die Frau war ... ja, das war die hellblonde Frau, die sie damals mit Annalena vor Klara Nielsons Haus getroffen hatten ... Larissa Gräfin von Duprée!
Wie der Mann neben ihr wirkte sie betreten, wie ein Kind, das eine Strafe erwartet. Der Mann hob seine riesigen Tatzen. »Annalena ...«, brummte er. »Also ...«
Luca spürte, wie Kasimir neben ihm zusammenzuckte. »Das ...«, hauchte er. »... ist der *dicke Bertil* aus dem *Coeur de Lion*!«
Was machte der hier?
»Ich kann dir erklären ...«, begann Bertil wieder, doch Annalena Pfeiffer ließ ihn nicht ausreden.
»Den Schmuck habt ihr hiergelassen«, sagte sie. »Was seid ihr für Anfänger! Wer glaubt an einen Raubüberfall, wenn der Schmuck offen rumliegt, könnt ihr mir das verraten?«
Annalena Pfeiffer packte Bertil am Pullover und zog ihn zu sich herunter.
»UND WARUM NENNST DU IDIOT VOR RICHARD MEINEN NAMEN?! SOLL ER DENN WISSEN, WAS ICH GETAN HABE?! HABE ICH DAS VERANLASST?«
Der dicke Bertil zappelte. Er war rot im Gesicht und schwitzte.
»Ich ... ich weiß nicht ...«, stammelte er. Annalena starrte ihn verächtlich an, ein, zwei Sekunden, dann stieß sie ihn von sich. Sie wanderte durchs Zimmer. »Soll er wissen, was ich alles für ihn tue?«, fragte sie leise, plötzlich beinahe traurig. Sie hob ein Papier vom Boden und ließ es fallen. »Alles ist schiefgelaufen ...«, sagte sie.
Gräfin von Duprée weinte leise. Sie wischte ihre Tränen von den Wangen. Sie trug wieder das T-Shirt mit der Aufschrift *New York*.

»Frau Pfeiffer«, sagte sie jetzt, »wir können noch zurück. Wir können zur Polizei gehen und für unsere Taten büßen. Das wäre das Beste, Frau Pfeiffer. Bitte … alles, was wir jetzt tun: Es kann nur noch falsch sein.«
Annalena Pfeiffer sah auf. In ihren schwarzen Augen blitzte es. »Wie bitte?!« Sie lachte auf, rau und laut. »Du machst Witze, Rita!«
Rita! Stipes Rita!, dachte Luca. Von wegen Gräfin! Der *helle Mann*, dachte er, ist in Wirklichkeit eine Frau, eine hellblonde Frau!
Und jetzt blies die Richterin ihrer vermeintlich adeligen *Freundin* Rauch ins Gesicht und verzog den Mund zu einem falschen Lächeln. »Du meinst, ich soll zur Polizei gehen und sagen, dass ich es war, die Cecilia Burmeester umgebracht hat – mit eurer Hilfe? Und dass ich den Mord zwei Hausangestellten angehängt habe?« Sie lachte wieder. »Könnte dir so passen!«
Annalena, das Zimmer, das Licht: Die Welt flirrte vor Lucas Augen. Er atmete flach, schnell, in den Bauch. Er musste sich beherrschen! Da spürte er eine Hand auf der Schulter. Jemand hielt ihn zurück.
»Ich habe einen Plan!«, sagte Annalena und zog hastig an ihrer Zigarette.
Oh, wie Luca sie hasste! Ihre Stimme, sie war so tot. Ihre Finger, die auf den Tisch trommelten, waren hässlich und mager. Und ihr Gesicht war eine straff gezogene, zimtfarbene Plastikmaske. Wie hatte Luca sie jemals schön finden können?
Er schloss seine Finger um den Türknauf des Wandschrankes. Der Griff auf seiner Schulter wurde fester.
»Ich habe Fehler gemacht«, sagte Annalena: »Zum Beispiel habe ich euch engagiert! Ein großer Fehler. 10.000 € hab ich euch gezahlt! Bertil hat behauptet, ihr wärt gut, Profis! Ach, man sollte nicht auf das Geschwätz eines Kellners im *Coeur de Lion* hören! Heute habt ihr die Papiere nicht gefunden, ihr habt den dämlichen Tresor nicht aufgekriegt und das Schlimmste: Ihr habt euch von Richard erwischen lassen. Ihr habt ihn in den Keller gesperrt. Ihr Idioten!«, Annalena stockte und biss die Lippen aufeinander. In ihrem Gesicht zuckte es. »Ich wollte ihn doch nur ein bisschen einschüchtern mit

seinen Papieren. Ihn unter Druck setzen – anonym! Jetzt sitzt er mit dieser … *Frau* im Keller, und er weiß, wem er das alles zu verdanken hat: mir, Annalena Pfeiffer! Weil du Idiot dich verplappert hast!« Der riesige Bertil zuckte bei ihren Worten zusammen, als würde er mit einer Peitsche geschlagen.

Die Richterin schwieg nach ihrem Ausbruch für einen Augenblick. Sie saß am Schreibtisch, vor dem dunklen Fenster und überlegte. Dann stand sie auf. »Es gibt keine andere Lösung …«

Ihr Blick wanderte durch das Zimmer, über Burmeesters Schreibtisch, über das Bild von Cecilia, über den Wandschrank, das Schlüsselloch. Luca hatte das Gefühl, sie würde ihm direkt in die Augen blicken. Er wich zurück.

Dann wandte sie sich Bertil und Rita zu: »Habt ihr das Benzin? Und nehmt von dem Schmuck mit … es soll wie ein Raubüberfall aussehen diesmal. … Und merkt euch: Danach will ich euch nie wieder sehen.«

Bertil und Rita nickten.

»Es wird Zeit …«

Annalena zog die Nase hoch. Ihre Augen verloren sich in der Dunkelheit hinter dem Fenster.

»… Zeit. Zeit, Lebewohl zu sagen.«

Die Weißen Raben

Sie hatten sofort gewusst, wo sie waren.
Dafür brauchte es keinen Einstein.
Und vielleicht wusste es auch Frau Mähdrescher, wollte es nur nicht wahrhaben.
Und Mika von Treptow, der wusste es auch, sein Grinsen verriet ihn.
Würde er sie verraten?
Es war ein seltsames Grinsen, anders als sonst.
Maria, Bruno und Fabian standen am Rand des Schulhofes, im Flutlicht vor den Linden. Die *Festbeleuchtung* von Kranenbeck brannte – ein Scheinwerfer über dem Hauptportal tauchte den Hof in bleiches, blendendes Licht. Die jüngeren Kinder sahen aus ihren Fenstern – Schattenrisse in einem Viereck aus Licht –, die Älteren halfen Frau Mähdrescher bei ihrer Suchaktion. Grüppchen mit jeweils einem Lehrer als Begleitperson schwärmten aus, zum Strand, zum Alten Anleger, in den Frederikenwald. Sie sammelten sich auf dem Hof, und Frau Mähdrescher schickte sie fort. Schuhe trampelten auf dem Pflaster, Rufe und Namen wirbelten durch die Luft wie Blätter. Taschenlampen wurden ausgeteilt, Brotbüchsen (denn das Abendessen war ausgefallen), und die Befehle, bis Mitternacht zurück zu sein.
Es war nach zehn am Abend. Kasimir, Bruno und Luca waren seit fünf Stunden verschwunden.
Die Polizei war unterwegs, zumindest hatte das irgendwer behauptet.
Und sie, Maria, Bruno und Fabian, sie warteten auf eine Möglichkeit, endlich abzuhauen.
Frau Mähdrescher hatte sie die ganze Zeit im Auge behalten. Aber sie mussten fortlaufen, ehe sie einer Gruppe, oder noch schlimmer: einem Lehrer zugeteilt wurden.
Sollten sie *mit einem Lehrer* zu Burmeesters Villa marschieren?

Sie warteten.
Und dann stand plötzlich Mika vor ihnen.
Er sah sie an, ein Bein angewinkelt, Wind in den Haaren und Panik in den Augen.
Sein Grinsen war verschwunden.
»Was ist?«, fragte Bruno, und zum ersten Mal klang seine Stimme nicht so feindselig wie sonst, wenn er mit Mika sprach. Er spürte, dass etwas nicht stimmte.
»Ich … ich habe einen Fehler gemacht«, stammelte Mika, und das war ungewöhnlich genug.
Maria und Fabian warfen sich einen unsicheren Blick zu.
»Was …?«, sagte Fabian nur, und vergrub die Hände in den Taschen.
»Ich wollte es nicht«, murmelte Mika und starrte auf den Boden.
Er drehte sich ein letztes Mal um, und dann erzählte er, mit gedämpfter Stimme …
Von Emir und Stipe und dass sie ihn erwischt hätten, am Schluss, und er ihnen verraten habe, wo Kasimir zu finden sei, zusammen mit seinen Freunden Luca und Janine. Er hatte sie auf dem Kopf belauscht.
»Diese Männer sind dann sofort los in die Kastanienallee«, sagte Mika, »weiß der Teufel, was sie vorhatten!«
Es wurde still, sehr still zwischen ihnen. Maria kniff die Augen zusammen bei dem Versuch, einen klaren Gedanken zu fassen.
Bruno machte eine Bewegung, als wollte er Mika erwürgen. Nur Fabian blieb ruhig. Er legte Bruno eine Hand auf die Schulter und hielt ihn zurück. Er räusperte sich und sah Mika in die Augen.
»Hast du eine Ahnung, was du damit angerichtet hast?«
Mika brach in Tränen aus – was sein spitzes Mausegesicht seltsam fremd aussehen ließ.
»Ich wollte doch nicht …«, schluchzte er atemlos, »ich hatte einfach nur Angst!«
»Jetzt reiß dich zusammen!«, herrschte Fabian ihn an. Und dann: »Hat dein Zimmer nicht die Fenster nach hinten?« Mika sah Fabian überrascht an, er vergaß sogar für einen Moment zu schluchzen.

»Ja … ja …«, sagte er. »Aber warum …?«

Später, in Burmeesters Laube, fanden sie keine Spuren ihrer Freunde. Nicht mal ein Fernglas, oder eine Taschenlampe. Waren sie wirklich hier gewesen? Und wenn sie nicht hier gewesen waren, wo waren sie dann …?
»Ich hab Angst«, sagte Maria leise. Auch Bruno und Fabian war unwohl zumute.
»Dieser verdammte Mika!«, murmelte Bruno ein ums andere Mal.
Rechts vor ihnen lag Klaras Garten, weiter vorn stand dunkel ihr Haus. Im Garten raschelte Mieze im Gestrüpp. Maria, Fabian und Bruno starrten auf die lilienweiße Villa.
In allen Fenstern brannte Licht, doch die Terrasse war leer und finster. Kein Mensch, keine Musik, kein Geschirrklappern war zu hören. Die Stille, die das zweistöckige, wie ein Christbaum leuchtende Haus ausstrahlte, wirkte unheimlich. In der Ferne hörten sie ein merkwürdiges Rumpeln.
Fledermäuse querten den Dachfirst, wurden kurz sichtbar vor dem dörrpflaumenfarbenen Himmel, und Maria dachte an ihren Leitsatz, *am Himmel fliegen die Weißen Raben.*
Und dann hörte sie es.
Ein Rascheln. Ein Mampfen. Ganz nah.
Füße, Schuhe, Schritte. Wie damals, als sie Klara Nielson zum ersten Mal sahen.
Jemand war auf dem Weg zu ihnen, jemand lief zu ihrem Versteck. Und es war nicht Klara Nielson.
»Wir müssen die Polizei holen! Da stimmt was nicht!«
Eine Männerstimme. Maria griff nach Fabians Hand.
»Sie sind in Gefahr!«
Ungeduldiger jetzt, drängender. Die Stimme kam Maria bekannt vor … Sie dröhnte in ihren Ohren.
Sie sind in Gefahr … sind in Gefahr … sind in Gefahr.
Maria schob die Zweige zur Seite, stieß das schmiedeeiserne Tor auf und trat in den Garten.

Zwei Männer standen vor ihr und starrten sie erschrocken an.
Der Erste hatte ein fahles, ausgemergeltes Gesicht, eine Narbe über dem rechten Auge. Die dünnen Lippen unter der dünnen Nase verzogen sich zu einem Lächeln. Im Mundwinkel des Mannes brannte eine Zigarette.
Er hatte helles, ausgebleichtes Haar.
Das, dachte Maria, kann nur *Stipe* sein, Kasimirs Stipe, *der helle Mann*, wer sonst!
Doch der zweite Mann war Gajew, der Gärtner. Wieso stand Gajew da mit Stipe?! Die beiden passten doch gar nicht zusammen ... Oder gehörte Gajew *zu ihnen*, zu den Mördern? Nein, Gajew lächelte, er lächelte Maria an, und Maria war auf der Stelle erleichtert.
»Ach, Gajew! Du!«
Gajew nickte. Er lächelte kurz. Aber dann war in ihm wieder so ein Ernst, dass Maria Angst bekam. Ihre Stimme war zu laut und zu schrill, als sie fragte: »Was ist denn los?«
»Dein Bruder«, erklärte Gajew mit gedämpfter Stimme, »ist da drin, in der Villa ... zusammen mit Janine und Kasimir und ... mit Janines Vater. Wie der hierhin gekommen ist, erklären wir dir später. Wir glauben, sie sind in Gefahr! Wir müssen die Polizei rufen ...«
»Keine Polizei!«, Stipe fuhr herum. »Emir hat es verboten!«
»Sie schweben in Lebensgefahr!«, schimpfte Gajew: »Wir haben gar keine Wahl!«
Stipe trat seine Zigarette aus und blickte zu Boden. Er zuckte mit den Schultern, erwiderte aber nichts.
Maria sah sich um. Was meinten Bruno und Fabian? Fabian nickte.
»Gut!«, sagte Maria bestimmt. »Rufen wir die Polizei! Sofort!«
Niemand reagierte, niemand antwortete.
»Seht doch nur! Seht!«
Das war Brunos Stimme.
Er starrte geradeaus, an Maria vorbei, auf die Terrasse von Burmeesters Villa.
»Wa ... was?«, schrie Maria, sie wirbelte herum.
Sofort erkannte sie die beiden Gestalten, dunkle Schemen im

Mondlicht, sie kamen aus Burmeesters Wohnzimmer. Ein Mann und eine Frau. Die Frau klein und schmal, der Mann ein schwankender Riese. Er trug etwas bei sich – war es ein kleiner Koffer?
»Das sind Bertil und Rita!«, stieß Stipe hervor.
Maria hatte keine Zeit, darüber nachzudenken. In ihrem Kopf sausten die Gedanken.
Wo ist Luca? … Wo sind die andren?
Sie wollte schreien, drückte die Hand auf den Mund.
Sie sah, wie der Mann der Frau den Koffer reichte, sie sah, wie die Frau ein paar Schritte vorwärts ging, sie sah, wie sie den Koffer drehte, ihn *ausschüttete* … und in demselben Augenblick, als Maria das sah, dachte sie: Das ist kein Koffer, das ist ein Kanister. Sie begriff oder sie glaubte zu begreifen und sie spürte, wie ihre Knie weich wurden, aber sie stand immer noch aufrecht. »Was machen die da?«, flüsterte sie.
Und dann hörte sie Fabians Stimme, fremd, laut, panisch, und es klang, als hätten ihre Gedanken ihren Körper verlassen und fänden nun durch Fabian zurück in die Welt, und sie hörte, wie er rief, immer und immer wieder:
»Sie wollen das Haus abbrennen. *Sie wollen das Haus abbrennen!* Wir müssen etwas tun. *Wir müssen etwas tun!!!*«

In Lucas Traum war er hier, in Burmeesters Wandschrank, und gleichzeitig lief er durch einen Zoo, und seine Eltern waren in einem Käfig und schrien, er solle Handtücher und Strümpfe mitnehmen, und hinter seinen Eltern, vor dem Eisbärenberg (über den sich Mieze, erhaben wie eine Königin, schlängelte), lief Gärtner Gajew Schlittschuh auf einem zugefrorenen See. Zu kalt, dachte Luca, er ist zu kalt angezogen, denn Gajew trug nur einen Badeanzug, wie ihn Männer früher getragen haben, und seine Haut war blau und rot vor Kälte. Und da sah Luca den dicken Bertil, der mit einem Schweißbrenner vor dem Eisbärensee stand und Feuer in die Luft sprühte, und Luca wollte schreien …
»Pssst! Psssssst!«

Jemand rüttelte an seiner Schulter. Er wachte aus seinem Tagtraum auf. Kehrte zurück in den Wandschrank.
»Psst!«, flüsterte Kasimir. »Sie ist immer noch da!«
Kasimir gab sich keine Mühe, besonders leise zu flüstern. Dazu war er zu panisch.
»Aber wir müssen hier raus! Sie will das Haus ... Mmmpffff ...«
»Halt die Klappe!«, zischte Janine.
Sie hatte Kasimir den Mund zugehalten.
Luca sah erneut durchs Schlüsselloch. Und tatsächlich ... da saß Annalena Pfeiffer noch immer. Allein, die Hände auf dem Schreibtisch, die Pistole neben sich, streichelte sie über die Eichenholzplatte wie über etwas Lebendiges. Sie starrte auf ein Foto von Burmeester. Sie sah sehr klein aus. Tränen glänzten auf ihren Wangen. Aber sie weinte nicht mehr.
Wie lange hockte sie schon da und wartete, wartete ... auf wen, auf was? Eine Stunde? Zehn Minuten?
Vor dem Haus waren die Schritte von Bertil und Rita zu hören. Luca roch das Benzin. Er glaubte, ein Streichholz zu hören – wie es angestrichen wurde –, er glaubte, den Schwefel zu riechen, er glaubte zu hören, *Floff*, wie die Flammen vor ihm hochschossen, er sah sich in einem brennenden Haus. Er sah sich rennen.
War das sein Ende? War das das Ende für sie alle hier? Das Ende von allem?
Annalena streichelte Burmeesters Foto, schüttelte den Kopf, schniefte. Es klopfte, ein, zwei Mal. Erst leise, dann lauter. Annalena rief nicht *Herein*.
Der dicke Bertil schaute durch die Tür.
»Fertig«, murmelte er dumpf. »Ist alles fertig.«
Annalena lächelte unter Tränen. »Dann gehen wir!«
Doch Bertil blieb in der Tür stehen, er war groß und breit genug, um Annalena Pfeiffer den Weg zu versperren. Ungeduldig boxte sie gegen seine Schulter.
»Was ist?«
Bertil presste die Lippen aufeinander, räusperte sich.

»Ich will nicht …« Er schluckte, schüttelte den Kopf.
Dann fügte er hinzu: »Sie müssen mich gehen lassen.«
»Du Weichei!«, Annalenas Mund wurde ein dünner Strich. »Willst du unbedingt ins Gefängnis?! Lass mich jetzt durch!«
Doch Bertil schüttelte den Kopf. Annalena nahm ihre Pistole und drückte sie Bertil auf die Brust.
Bertil sagte nur leise: »Sie können das nicht tun!«
Annalena entsicherte die Waffe. Als hätte sie ihn gar nicht gehört. Sie schrie:
»Er wird uns verraten, wenn wir es nicht tun! Raus hier!«
Bertil trat zur Seite. Annalena rauschte an ihm vorbei. Sie hörten ihre Schritte auf der Empore, tok, tok, tok.
Bertil folgte ihr. Er schloss von außen die Tür.

Zwischen den mächtigen Kastanien und Lerchen, die Burmeesters Garten abschlossen, war der Himmel nachtschwarz.
Dort war Osten, dort würde in einigen Stunden die Sonne aufgehen. Die Vögel wachten schon auf, die Dunkelheit war erfüllt von ihrem zwitschernden Gesang.
Auf den Stufen zu Burmeesters Veranda standen sechs Gestalten – Maria, Gajew, Fabian, Bruno, Stipe, und … Rita. Ja, auch Rita! Rita mit dem New-York-T-Shirt, Rita mit den ausgedörrten, blonden Haaren. Sie hielt einen Zipfel von Stipes Jacke und stand da wie ein Kind.
Sie alle warteten. Sie hatten keine Waffen.
Bruno – über seine Schultern kroch Mieze, die Anakonda, zentimeterdick und grün – flüsterte: »Du bekommst den besten Kaviar aus Burmeesters Kühlschrank, wenn du uns hilfst, liebe, liebe Mieze!«
Aber was konnte Mieze schon tun? Wahrscheinlich war sie nicht einmal giftig.
Da hörten sie die Schritte. Auf der Empore. Auf der Wendeltreppe. In der Diele …
Marias Herz raste. Ihre Gedanken rasten. Sie schloss die Augen.

Und dann kam sie …
Dr. Annalena Pfeiffer. Die zimtfarbene Richterin. Sie blieb stehen, das Klacken erstarb. Sie ließ die Arme sinken. Ihr Gesicht war dunkel, fast schwarz. Hinter der Richterin tauchte der tapsige Bertil auf. Er sah die wartende Gruppe, schlug einen Haken, versuchte zu fliehen. Aber Gajew stand vorn, unter dem Licht, und schlug Bertil mit einem Holzscheit nieder. Die Richterin, im Wohnzimmer, wich zurück. Die Pistole in ihrer zitternden Hand.
»Raus hier!«, schrie sie. Aber Stipe, Maria, Fabian gingen langsam auf sie zu. Und auch Bruno näherte sich ihr, über seinen Schultern die Schlange. Die Richterin wich zurück, bis an die Wand. Ihr Zeigefinger lag weiß auf dem Abzug der Pistole.
»Raus, raus, raus!«, schrie sie, und Maria trat noch einen Schritt vor.
»Töten Sie mich doch!«, sagte Maria und breitete die Arme aus. »Töten Sie mich!«
In der Ferne heulte eine Sirene.
Annalena wand den Kopf hin und her. Sie richtete die Pistole auf Maria. Aber sie drückte nicht ab. Bruno, Fabian, Stipe, Rita und Maria vor sich, hinter sich Luca, Kasimir und Janine … sie kamen über die Treppe herunter ins Wohnzimmer. Marias Herz hüpfte: Sie lebten! »Töten Sie mich und Bruno und Kasimir!«, sagte Maria ruhig: »Töten Sie Janines Vater und Janine, töten Sie Luca und Gajew. Töten Sie Burmeesters Freundin und töten Sie …«, sie machte eine kurze Pause, »… töten Sie Herrn Burmee…«
»Aufhören!«, kreischte Annalena Pfeiffer und schleuderte die Pistole von sich.
»Hör auf, hör auf hör auf höraufhörauf!«, schrie sie, immer wieder.
Ein Windstoß stieß die Verandatür gegen die Wand. Kasimir stolperte über den Treppenabsatz.
Bruno war der Erste, der sich bewegte. Er legte Mieze zur Seite und presste Annalena Pfeiffer die Hand auf den Mund. Er drehte ihre Arme auf den Rücken und band ihre Hände zusammen.
Sie ließ es geschehen. Blass wie der Tod und stumm.
Mondlicht streifte den Dachfirst der Villa. Irgendwo jaulte ein Hund.

Ein Polizeiwagen bremste mit quietschenden Reifen vor Burmeesters Haus.

Maria wachte im Krankenzimmer des Internats auf. Sie wusste nicht, wie lang sie geschlafen hatte. Die Welt war verschwommen und blendend hell. Sie erkannte die französischen Fenster, den Stuck an der Decke. Einen Tisch, einen Stuhl. Sie roch den Geruch der Desinfektionsmittel.
Sie blinzelte in die Sonne. Ihr Nachttisch war über und über mit Geschenken und Süßigkeiten bedeckt. Und an der gegenüberliegenden Wand vor ihrem Bett hing ein riesiges Pergament. Darauf stand:
»GUTEN MORGEN!«
Unter dem Pergament lachten sie fünf lustige Gesichter an. Janine, Bruno, Luca, Fabian, und, ganz rechts: Kasimir.
Janines Vater Emir und Frau Mähdrescher warteten lächelnd vor den Fenstern.
»Herzlichen Glückwunsch!«, rief Bruno und ließ sich neben Maria auf die Matratze plumpsen. »Du hast den Rekord gebrochen! Achtundvierzig Stunden hast du durchgeschlafen! Luca hatte zwanzig, Fabian einundzwanzig und Janine dreiundzwanzig Stunden! Nichts gegen dich …«
»Was … was ist passiert?«, fragte Maria lachend.
»Oh, nichts weiter, Minipli«, Janine strich ihr durchs Haar, »wir haben Annalena gefangen, und schwupsdiwups: bist du k.o. gegangen. Niemand wusste genau, warum. Der Kreislauf, meinten die Sanitäter.«
»Aber das war nicht schlimm«, piepste Kasimir, »Bruno hatte Annalena Pfeiffer fest im Griff!«
»Und dann war die Polizei auch schon da«
Luca trat von der anderen Seite an Marias Bett und lächelte glücklich.
»Stell dir vor! Annalena Pfeiffer wird der Prozess gemacht. Und die Sache mit Burmeesters Müllzeug ist auch rausgekommen. Er hat jetzt vor, wegzuziehen, mit dieser Milena, glaube ich.« Luca nahm

Marias Hand. Er biss sich auf die Lippen. »Mama und Papa kommen bald raus. Wir haben es geschafft.«
»Wusste ich's doch«, murmelte Maria. »Wusste ich's doch!« Es fiel ihr schwer zu sprechen, sie war noch benommen vom Schlaf, doch sie war glücklich, so glücklich wie noch nie in ihrem Leben – sie hatte das Gefühl, sie müsste gleich explodieren vor lauter Glück!
»Meine Herrschaften«, meldete sich Frau Mähdrescher von der Tür aus, »Maria braucht noch etwas Ruhe. Das alles war sehr aufregend! Wir wollen sie jetzt schlafen lassen.«
»Warten Sie, Frau Maedecker!«, rief Emir leise aus seiner Ecke vor dem Fenster. Er lächelte, beinah schüchtern. »Es gibt jemanden, der mit Maria und Luca reden will. Es ist wichtig.«
Niemand wusste, wovon Janines Vater sprach – nicht mal Janine. Emir nickte ihnen zu und trat zur Tür. »Ein alter Bekannter von euch«, sagte er sanft und öffnete die Tür.
Im Flur wartete Herr Burmeester. Er saß im Schatten neben dem Fenster. Er sah zu Boden.
Dann hob er den Kopf.
»Ich wollte mich verabschieden«, sagte Herr Burmeester.
Stumm traten Bruno, Fabian und Kasimir zur Seite. Herr Burmeester kam und setzte sich, kaum einen Meter von Maria und Luca entfernt. Er sah müde aus.
»Was passiert ist, ist passiert«, sagte er. »Ich werde damit leben müssen. Ich habe mich freigekauft. Aber mein Geschäft ist ruiniert. Ich werde versuchen, neu anzufangen. Irgendwo.« Er sah Maria in die Augen. »Wir werden uns nie wieder sehen. Deswegen bitte ich euch«, nun schaute er Luca an, »mir zu verzeihen: dass ich euch und eure Eltern in diese unselige Geschichte hineingezogen habe.«
Einen Moment lang war es ganz still im Krankenzimmer. Draußen auf dem Hof riefen die anderen Kinder.
Frau Mähdrescher runzelte die Stirn.
»Schon gut«, murmelte Luca schließlich und Burmeester wischte sich den Schweiß von der Stirn.
»Ich hatte keine Ahnung!«, sagte er, »dass sie Cecilia umbringen

würde … ich habe es nicht oder – doch, ja, ich habe es geahnt. Vor Cecilias Tod haben wir davon geredet, zusammen fortzugehen. Wir waren so verliebt – ich hab ihr alles erzählt. Alles. Auch von Cecilias Plänen, mich und meine Geschäfte zu verraten … Ihr müsst verstehen. Annalena wollte mir einen *Gefallen* tun. Sie hätte *alles* für mich getan.« Burmeester senkte seine Stimme. »Wahrscheinlich wollte ich all das nicht wissen.«

»Sie haben unschuldige Menschen ins Gefängnis gebracht. Sie sind mitschuldig!«, sagte Frau Mähdrescher. »Sie haben Müll illegal in Tschechien verbrannt.«

Burmeester nickte. Dann schüttelte er den Kopf. Und brummte: »Ich weiß. Ich weiß.«

»Schon gut«, sagte jetzt auch Maria, ganz leise nur. Burmeester sah sie an und nickte. Er tastete auf der Stuhllehne nach einem Hut oder nach einem anderen Gegenstand, der nicht da war, und er wirkte, als müsste er weinen. »Ich muss jetzt gehen.«

Er erhob sich und ging langsam auf die Flurtür zu. Er wirkte riesig im Krankenzimmer. Seine Schultern hingen. Und sein Haar – Maria bemerkte es erst jetzt – war zerzaust. Als er sich ein letztes Mal umdrehte, sah sie den Bartschatten in seinem Gesicht.

»Leben Sie wohl, Herr Burmeester«, sagte sie und lächelte, weil sie wusste: Es ist wahr. Sie würden Herrn Burmeester nie wieder sehen. Und das war gar nicht schlimm! Sie waren frei.

Burmeester lächelte.

»Lebt wohl, Maria und Luca.«

Dann schloss er von außen die Tür.

Sie hörten Burmeesters Schritte draußen auf dem Flur. Sie hörten die Tür vom Haupthaus zuschlagen. Sie hörten seinen Wagen auf dem Hof anspringen.

»Was ich nicht verstehe …«, sagte Maria plötzlich, »… warum hat uns die Polizei überhaupt geglaubt? Wir hatten doch nichts in der Hand … oder? Keine Beweise, außer ein paar Gangster und zurückgetretene Umwelttypen als Zeugen …«

Bruno legte eine Hand auf Kasimirs rechte Schulter, Janine auf seine linke. »Also …«, sagte Luca und grinste, »… das war so …«, sagte Janine, »… ein gewisser Direktorinnensohn hatte einen ganz genialen Einfall!«, erklärte Bruno.

Sie alle lachten noch mehr, und Kasimir hatte das breiteste Grinsen von ihnen. Sogar seine Mutter lächelte stolz.

»Du kannst dich bei unserem Filius bedanken«, rief Fabian schließlich. »Er hat sich ein Diktiergerät aus meinem Fundus geschnappt und alles aufgenommen, von der ersten bis zur letzten Silbe, während Luca, Emir, Janine und er im Wandschrank hockten! Er hat es besser verstanden als ich. Es war die ganze Zeit unter seinem Pullover versteckt. Ein perfektes Geständnis! Tja, dem konnte selbst eine Richterin nichts mehr hinzufügen …«

Vielleicht war es der letzte Tag im Sommer.
Im Nachhinein wird es Maria so vorkommen. Es war ein Samstag im August. Lampions hingen in Klara Nielsons Garten. Auf zwei zusammengeschobenen Tischen standen die Speisen. Schokoladenmousse, Fleischbällchen, Löwenzahnsalat, Bergkäse ... für jeden war etwas dabei. Klara Nielson hatte ihr Grammophon nach draußen gestellt, es spielte alte, wunderschöne Lieder, und manchmal sang Klara dazu ... Die Luft roch warm und gut und nach Sommer.
Gegen Abend leuchteten die Lampions wie Sterne unter dem dämmrigen Himmel. Fackeln brannten sich in die Nacht. Glühwürmchen wirbelten durch die Luft und Klaras Kanarienvogel drehte seine Kreise über den Gästen.
Maria und Luca blieben den ganzen Abend über bei ihren Eltern. Sie hielten sie an den Händen, sie rochen an ihren Kleidern, sie ließen sich ihr Haar zerzausen. Sie mussten über so vieles reden. Über den Alten Anleger, über Tannen im Winter, über Italien ... über all das, was vor ihnen lag: das ganze Leben. Und auch über die Monate, die hinter ihnen lagen. Es gab zu viele Worte, zu viele Gedanken in ihnen. Manchmal schwiegen sie nur, oder kicherten vor lauter Glück. Es war der erste Tag in Freiheit für Marias und Lucas Eltern.
Alle waren gekommen, um das zu feiern. Janines Mutter, Brunos Mutter: Sogar Fabians Eltern hatten sich freigenommen, und natürlich war auch Emir da ... Gärtner Gajew stand bei Klara Nielson und sprach mit ihr über die goldenen Zwanziger Jahre. Waldemar Krakowski diskutierte mit Marias Vater über das Wattenmeer. Er hatte sich entschlossen, wieder in die Umweltpolitik einzusteigen: jetzt, wo Burmeester seine Kaution für die Gefängnisstrafe gezahlt hatte und aus der kleinen Stadt verschwunden war, wahrscheinlich für immer. Emir trank und aß und lachte, doch bald musste er fort, am nächsten Tag ging sein Zug. »Mein Mädchen«, flüsterte er Janine zu:

»Hier hast du eine Handynummer, mein Mädchen. Ruf mich an, aber nur im äußersten Notfall, ruf mich an, wenn du in Schwierigkeiten steckst, und halt die Nummer geheim.« Janine nickte und steckte die Nummer in ihren Schuh …

So ging der Abend in die Nacht.

Frau Mähdrescher und das trunkene Bierchen tanzten Walzer zu Klara Nielsons Musik … Kasimir drehte sich traumverloren, mit geschlossenen Augen neben ihnen, die Arme von sich gestreckt wie ein Insekt.

Als die Kirchturmglocke der kleinen Stadt zwölf Mal schlug, hob Fabian, der *Offizielle Heimliche Chef* der Weißen Raben, eine Fackel und rief: »Meine sehr verehrten Damen und Herren, ich bitte um Ihre Aufmerksamkeit!«

Maria und Luca wussten, dass es jetzt so weit war. Zum ersten Mal am Abend trennten sie sich von ihren Eltern und stellten sich hinter Fabian, der einen Fuß auf einem Baumstumpf platziert hatte und aussah wie ein Freiheitskämpfer auf einem Gemälde. Sie standen bei Bruno und Janine, sie hielten sich alle an den Händen. Wie schön das war! Wie feierlich!

»Kasimir Maedecker!«, fuhr Fabian fort, und Kasimir, der die Zeremonie bisher etwas skeptisch von der Seite betrachtet hatte, zuckte erschrocken zusammen. Alle Augen richteten sich auf ihn, und sein blasses Gesicht wurde rot.

»Wir sind heute zusammengekommen, um die Freiheit von Santo und Guilia Brunetto zu feiern. Aber wir sind auch gekommen, um dich, Kasimir, zum Sechsten Ritter der Weißen Raben zu schlagen!«

Applaus rauschte wie Regen, und Kasimir schlug verlegen die Augen nieder. Aber da war auch ein Lächeln in seinem Gesicht.

Fabian ließ Kasimir niederknien und schlug zweimal auf seine rechte und zweimal auf seine linke Schulter – mit einem Zepter aus Ahorn, das Maria geschnitzt hatte.

Dann bat Fabian Kasimir aufzustehen und schüttelte ihm die Hand. »Jetzt bist du ein Weißer Rabe!«

Kasimir grinste verlegen, und vielleicht sagte er »Danke« oder »Das ist schön« oder »Ich will gar kein Weißer Rabe sein, lieber nur Kasimir«, doch jedes weitere Wort ging in den Jubelrufen und in dem Applaus der Gäste unter. Am lautesten jubelte Kasimirs Mutter, und Maria sah, wie sie sich die Tränen aus dem Gesicht wischte. Bierchen drehte die Musik wieder auf, und plötzlich tanzten alle in dem wilden Garten am Ende der Kastanienallee.

Die lilienweiße Villa Burmeester lag so verlassen und dunkel da: Sie hatten sie bald vergessen. Als hätte sie niemals existiert.

Santo tanzte mit Guilia Brunetto, Maria mit Fabian, Gärtner Gajew mit Klara Nielson, Bruno mit Janine, Mähdrescher mit Bierchen und Kasimir mit Emir … Sie tanzten bis zum Morgengrauen. Sie sprachen über alles, was hinter ihnen lag. Und die Musik und ihre Stimmen stiegen höher in den Himmel und wehten durch die kleine Stadt, dass mancher aufwachte, und sich an diesen Ort sehnte: in den Garten der dünnen Stummfilmschauspielerin Klara Nielson, der hinter einem windschiefen Haus mit grünen Fensterläden lag und der in dieser Nacht schimmerte und leuchtete wie ein fremder Planet.

mehr lesen von Markus Grolik:

Von wegen schlaffer Stubentiger ... Für drei Dosen Thunfisch täglich übernimmt Privatdetektiv Perry Panther jeden Fall!
Diesmal setzen zwei Siamkätzchen, die aus ihrer Heimat fliehen mussten, ihre ganze Hoffnung auf Perry. Denn auf ihrer Flucht haben sie im Laderaum eines chinesischen Containerschiffs ihre Drillingsschwester Ying Yang verloren. Für den Privatdetektiv beginnt eine abenteuerliche Odyssee durch den Hafen und die Tiefen der Kanalisation, wo ihn die Ratte Papa Ratzi auf die erste heiße Spur bringt. Die Siam-Schönheit Ying Yang scheint einem illegalen Import-Export-Unternehmen ins Netz gegangen zu sein, das Feinkostrestaurants mit »Leckerbissen« aus Asien versorgt ...

Ab 8 Jahren. 134 Seiten. Gebunden
ISBN 978-3-7941-6033-9

mehr lesen von Markus Grolik:

Was ist nur im Ägyptischen Museum los? Ein rätselhafter Unfall und eine Prophezeiung in einer alten Papyrusrolle bringen Perry ganz schön ins Schwitzen: Die Rückkehr einer geheimnisvollen Mumie steht bevor! Und es geht um keine Geringere als die Lieblingskatze des berühmten Pharaos Tutenchamun. Als Perry eines Nachts Zeuge einer Versammlung tätowierter Nacktkatzen wird, scheint sich die Prophezeiung zu bewahrheiten. Und zu allem Übel mischt sich noch eine weitere zwielichtige Gestalt ein, die es ebenfalls auf den kostbaren Fund abgesehen hat ...

Ab 8 Jahren. 136 Seiten. Gebunden
ISBN 978-3-7941-6069-X

mehr lesen von Frances O'Roark Dowell:

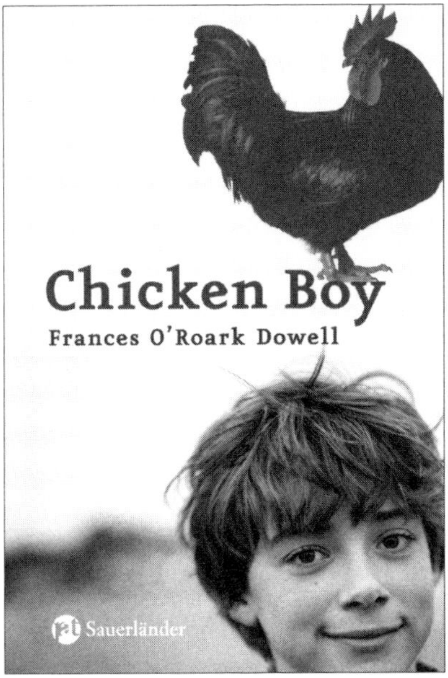

Tobin hat nicht nur eine halbverrückte Großmutter, abgedrehte Geschwister und einen unmöglichen Vater – auch sein Klassenkamerad Henry ist besonders: Er züchtet begeistert Hühner. Mit ihrem Seelenleben kennt er sich bestens aus. Und später wird er zusammen mit seinem Bruder ein Geflügel-Imperium aufbauen. Als dritten Mann im Bund der Hühner-Geschäftsmänner hat er sich Tobin ausgesucht. Der will aber nichts davon wissen. Allerdings hätte er nie für möglich gehalten, was man von Hühnern alles lernen kann. Und kaum zu fassen ist, dass der neue Freund und das Federvieh allmählich sein Leben umkrempeln ...

Ab 10 Jahren. 176 Seiten. Gebunden
ISBN 978-3-7941-6071-6

Sauerländer